モダニズムの胃袋

ヴァージニア・ウルフと
同時代の小説における
食の表象

大西祥恵
onishi yoshie

春風社

モダニズムの胃袋——ヴァージニア・ウルフと同時代の小説における食の表象　目次

凡例　6

序章　モダニズム小説と食　9

1　イギリス文学とイギリス料理　9
2　モダニズムと胃袋　11
3　ヴァージニア・ウルフと摂食障害　16
4　モダニズムの台所革命　18
5　本書について　20

I　ウルフの「食べ物に対するコンプレックス」

第1章　『ダロウェイ夫人』における食事療法　27

1　「食べ物に対するコンプレックス」　27
2　治療としての食事　28
3　優生学と健康思想　32
4　がつがつした人々　37
5　「食べることへのタブー」　42

Ⅱ　ウルフの食の政治学

第2章　『灯台へ』の食卓の美学　49
1　二つの食卓　49
2　食卓の創造性　50
3　食べられる女たち　54
4　ラムジー氏のサンドウィッチ　59
5　食卓の美学　63
コラム（1）ブルームズベリー・グループとフランス料理――『灯台へ』のブフ・アン・ドーブ　69
第3章　『オーランド』と『自分だけの部屋』にみる食とジェンダー　75
1　ものにより作られる性　75
2　衣装とジェンダー　76
3　抑えられた食い意地　78
4　「食い意地」を持つこと　83
コラム（2）衣装と身体　91

III　モダニズムの台所

第4章　ウルフと使用人の肖像　97
1　料理人と使用人制度　97
2　ウルフ家の台所闘争　98
3　家庭の中の不協和音――使用人問題　101
4　階級意識と階級闘争　105
5　女主人と使用人　110
6　使用人の肖像　112
7　塗り替えられていく「使用人の肖像」　118

第5章　ウルフの台所　121
1　ウルフは料理好き　121
2　家事使用人と有閑淑女　123
3　自由を求める闘争としての料理　124

コラム（3）ウルフの色彩感覚――「ウルフの手作りジャム」　131

第6章　モダニズムの料理をする男たち――フォースター、ロレンス、ジョイスのテクストをめぐって　135
1　家事をする男たち　135
2　僕のお茶会へようこそ！　137
3　階級意識とジェンダー　142
4　「新しい男」の料理　145

コラム（4）モダニズムと「料理男子」　151

Ⅳ 感覚の世界

第7章 ジョイスにおける食とテクスト――『ユリシーズ』の「カリュプソ」をめぐって 159
1 記憶と五感 159
2 「食べる人」としてのブルーム 162
3 言葉を食べる 165
4 ブルームの「便秘」 168
5 「汚らしい浄化法」 172

第8章 『フラッシュ』における味覚、そして臭覚の世界 175
1 ウルフの感覚表現 175
2 犬と女性の絆 176
3 視覚中心主義 183
4 「匂いの世界」 188
5 匂いを嗅ぐ、匂いを書く 190

コラム(5) 野菜畑でご瞑想? 195

注 199 参考文献 209 映像資料 223 初出一覧 224
あとがき 227
人名索引 i 作品名索引 iv

凡例

1　引用した英語文献のうち、邦訳のあるものは可能な限りこれを参照した。ただし、文脈によって訳を変更したり、表記を変えた場合もある。

2　文献からの引用ページ数は、文中の（ ）内に、英語文献の場合は著者名の後にアラビア数字で、日本語文献の場合は著者名の後に漢数字で示したが、文脈から判断して文献名が明らかな場合はページ数のみを示した。

3　英語文献からの引用を和訳文献によって記した場合は、（Cunningham 84–87; 一〇六－一〇九頁）のようにページ数を併記した。

4　同一著者の引用文献が複数ある場合は、（Showalter, *The Female Malady: Women, Madness, and English Culture*, 1830–1980）のように著者名の後に作品名を記した。

5　ヴァージニア・ウルフ、ジェイムズ・ジョイス、E・M・フォースター、D・H・ロレンスの作品からの引用は、作品名の略号と頁数を示した。各作品の略号は以下の通りである。

ヴァージニア・ウルフ

ND『夜と昼』（*Night and Day*, 1919）
MD『ダロウェイ夫人』（*Mrs Dalloway*, 1925）
TL『灯台へ』（*To the Lighthouse*, 1927）
O『オーランド』（*Orlando*, 1928）
AROO『自分だけの部屋』（*A Room of One's Own*, 1929）
F『フラッシュ』（*Flush*, 1933）
TG『三ギニー』（*Three Guineas*, 1938）
MF「現代小説」（"Modern Fiction," 1919）
CF「小説における登場人物」（"Character in Fiction," 1924）

PW「女性にとっての職業」（"Profession for Women," 1931）
SP「過去のスケッチ」（"Sketch of the Past," 1939）
MOB「存在の瞬間」（"Moments of Being," 1972）
D ウルフの日記（*The Diary of Virginia Woolf*, 1977–1984）
L ウルフの手紙（*The letters of Virginia Woolf*, 1975–1980）

ジェイムズ・ジョイス
U『ユリシーズ』（*Ulysses*, 1922）

E・M・フォースター
HE『ハワーズ・エンド』（*Howards End*, 1910）

D・H・ロレンス
LCL『チャタレイ夫人の恋人』（*Lady Chatterley's Lover*, 1928）

序章 モダニズム小説と食

よい晩餐はよい語り合いに非常に重要なものだ。人はよい食事をしなければ、よい考えも浮かばず、よく愛することも、よく眠ることもできない。

（Woolf, *AROO* 23; 二七－二八頁）

1 イギリス文学とイギリス料理

食は、いつの時代も物語のテーマとなった。芥川龍之介は「芋粥」（一九一六）で芋粥を求める男の食い意地を描き、テレビドラマ『孤独のグルメ』（二〇一二－）や『深夜食堂』（二〇〇九－）

は食と人間ドラマを組み合わせ、何シリーズも続く人気番組となっている。食欲はいつの時代も変わらず人間の重要な欲望の一つであり、食は物語を紡ぐ格好の題材なのだ。

こうした食の物語について考えてみると、イギリス文学と食というのはいささか相いれない組み合わせのように感じる。イギリスの作家ジョージ・オーウェルは「イギリス料理は、世界で一番まずいと一般的に言われていて、イギリス人自身でさえそう言っている」(Orwell 54) と述べているが、二一世紀の現代でもイギリス料理はまずいというステレオタイプは根強く残っている。

しかし一九九〇年代以降、林望『イギリスはおいしい』を皮切りに、日本ではイギリス料理が再評価されている。さらに、イギリス文学を食の観点から扱った多くの本が出版されている。例えば安達まみ・中川僚子編『〈食〉で読むイギリス小説――欲望の変容』は食という観点から様々なイギリス小説を論じている。圓月勝博『食卓談義のイギリス文学――書物が語る社交の歴史』では、一八世紀イギリス文学を食とサロンの文化の関係から論じ、横山茂雄編『危ない食卓――十九世紀イギリス文学にみる食と毒』は、一九世紀イギリス文学を食文化の観点から検証している。

さらに関矢悦子は『シャーロック・ホームズと見るヴィクトリア朝英国の食卓と生活』でシャーロック・ホームズのシリーズからヴィクトリア朝の食文化について読み解き、北野佐久子の『イギリスのお菓子とごちそう――アガサ・クリスティーの食卓』では、アガサ・クリスティーのミステリー小説における食の重要性とそのレシピを紹介している。

イギリス文学と食の分析は、海外の研究者の間でも注目されており、一九八〇年代以降、モダニズム文学と食を論じた本がいくつか出版されている。例えばジャンス・オンダンジェ・ロールズは、『ブルームズベリーの料理本――人生、愛、芸術のためのレシピ』でブルームズベリー・グループの人々が食べた料理にまつわるエピソードとそのレシピを紹介し、アリソン・アームストロングは『ジョイスの料理――ジェイムズ・ジョイスのダブリンの食べ物と飲み物』でジェイムズ・ジョイスのテクストに登場する食べ物のレシピをまとめている。食という観点で読み解いているイギリス文学研究は意外に多いのだ。

2　モダニズムと胃袋

では食という観点で二〇世紀初めのイギリスのモダニズム小説を読んだ時、どのようなことが見えてくるだろうか。

ヴァージニア・ウルフは、『自分だけの部屋』（一九二九）で「あたかも重要ではないかのように食べているものについてほとんど言及していない」それまでの小説家たちの「しきたり」を批判している（*AROO* 12–13）。ここでウルフが批判しているそれまでの作家たちとは一九世紀から二〇世紀初めのイギリスのリアリズム小説の作家たちのことである。

しかしモダニズム以前のリアリズム小説でも食事の描写が描かれていないわけではなかった。例えば一九世紀のリアリズム小説の作家チャールズ・ディケンズの『クリスマス・キャロル』(一八四三)では、貧しい一家が鵞鳥やプディングといったクリスマスのご馳走を分け合う様子が描かれており、リアリズム小説でも食事は物語に彩りを添えるために使われている。ではなぜウルフは、リアリズム小説の作家たちを「食べているものについてほとんど言及していない」と批判しているのだろうか。そこでウルフが問題としているのは、食事の描き方なのだ。

そもそもモダニズム小説とリアリズム小説はどう異なるのか。人間の内的な心理を描くことを重視したモダニズム小説に、しばしば寄せられる批判は、それが精神的すぎるということである。例えばアーノルド・ベネットは、モダニズム小説には、「活力が欠けており」、登場人物は「生きておらず」、「我々に共感を抱かせることがない」と批判している (Bennett 193)。しかしながら実際には、モダニズム小説を注意深く読むと、その中で、物質的、身体的なものが、非常に重要な役割を果たしているということに気付く。

厳しい性規範が浸透していた一九世紀ヴィクトリア朝では、身体的なものが抑圧され、軽視されていたが、その後のイギリス小説において、こうした身体的、物質的なものの役割が再び見直されてきたのは、当然のことかもしれない。しかしそうした中で、モダニズム小説は、ベネットらの小説に見られる過剰な「物質性」を批判することから始まっていることも忘れてはならない。ウルフは、H・G・ウェルズ、ジョン・ゴールズワージー、ベネットを「エドワード王朝人」、それに対してE・M・フォースター、D・H・ロレンス、ジェイムズ・ジョイスといった彼女と同世代の作家たちを「ジョージ王朝人」と呼び、両者を対比している（"CF" 38）。さらにウルフは、エドワード朝の作家が登場人物を描く際、外見描写を重視するあまり、人間の内面を描いていないと述べ、人物を輪郭づける物理的要因に執着する彼らを「物質主義者」であると批判している（"MF" 10）。

ウルフらジョージ王朝の作家たちは、エドワード朝の作家と異なる形の人物描写を目指し、外見描写よりむしろ人間の内的な心理を描くことに力を注いだ。その一方で、ジョージ王朝の作家たちは、ヴィクトリア朝の作家たちのように、身体的、物質的なものを抑圧するのではなく、身体的、物質的なものと精神的なものとの調和を描くことを重要なテーマとしている。そうした物質的、身体的なものと精神的なものとの関係を示すものの一つとして、モダニズム小説において、食事が利用されているのだ。

食を通して精神と身体の関係を探る実験は、ウルフのエッセー『自分だけの部屋』でも見られる。『自分だけの部屋』では、大学の男子学寮と女子学寮の食事の場面を対比することで、男女の経済的な豊かさの違いを示している。文学史上、まずい食事として悪名高い、女子学寮の食事の場面を覗いてみよう。

スープが運ばれてきた。それはあっさりとした肉汁のスープだ。それには、想像力をかきたてるようなものは何もなかった。透明な液体を透かして、お皿全体に描かれているどんな模様も見えそうだった。しかし、模様はなかった。お皿は無地だったのだ。次に牛肉が、青野菜とじゃがいもを添えられて、出てきた——この素朴な三品は、ぬかるみの市場に並んだ牛の臀肉、端の部分が黄ばんだ渦巻状の芽キャベツ、売り買いや掛け合い、そして月曜日の朝、編み袋を手にした女たちなどを思わせた。量はたっぷりあって、炭鉱夫たちはきっとこれ以下の量の食事をとっているに違いないと思えば、人間の日々の糧に不平を言う理由はないだろう。つづいて、煮た干しプラムにカスタードがかかったものが出てきた。干しプラムは、カスタードで柔らかくされた時でさえ、無情な野菜で（これは果物ではないのだ）、吝嗇家の心のように筋張っていて、八〇年間ワインも飲まず、暖かい火も楽しまず、といって貧しい人たちにほどこすこともしなかった吝嗇家の血管を流れているような液体をしみだしている、と不平を言う者がいたら、干しプラムを抱擁するほどの人情味のある人もいることを思うべきだろう。次にビスケットとチーズが出て、ここで水差しが回され、水がたっぷり配られた。なぜかというと、パサついているのがビスケットの性質で、出されたのは正真正銘のビスケッ

トだったからだ。それで全部だった。食事は終わったのだ。（*AROO* 21-22; 二六－二七頁）

ブラックユーモアに満ちた文体で女子学寮の食事のまずさが伝えられている。このまずい食事を食べている会食者たちは会話も弾まず、食事を終えると足早に席を去ってしまう。

この晩餐会を回想し「私」は「人間の作りとはそういうもの、つまり、心と体は全部入り交ざっていて」「別々に区切られているわけではないので」、「よい晩餐はよい語り合いに非常に重要なものだ」「人はよい食事をしなければ、よい考えも浮かばず、よく愛することも、よく眠ることもできない」（*AROO* 23）と食事が精神活動に与える影響を主張し、精神活動における経済的な豊かさの重要性を痛感する。このようにウルフは、女性が文学を生み出すために経済力を持つことが重要だということを示す例として、『自分だけの部屋』で食事を効果的に用いている。

さらにモダニズム小説での食事の描写は、それを囲む人間同士の関係性を示す手段ともなる。例えばジョイスの『ユリシーズ』（一九二二）で、ブルームは、自ら料理をし、それを妻のモリーのいるベッドに運び、妻が食事をとる様子を満足そうに見ているが、二人は共に食事をとることはない。こうした描写は、もはや性的な関係を持つこともなく、妻の逢引を許しているブルームとモリーの夫婦関係を象徴するものとしても利用されている。D・H・ロレンスの『チャタレイ夫人の恋人』（一九二八）では、チャタレイ夫人の姉が森番メラーズを妹にふさわしいと相手だと認めるのは、一緒に食事をとる際の彼のテーブル・マナーのすばらしさに感銘を受けたためであり、食事をする様子によって登場人物の内面の美徳を示している。

このようにモダニズム小説の食の表象では、精神と身体の関係性、そして食事の場面を通して示される人間同士の関係と心の動きが重視されているのだ。

3　ヴァージニア・ウルフと摂食障害

食が精神にもたらす影響についてウルフが強く意識していたことは、ウルフ自身が食べることにとらわれた病理によって精神と身体をむしばまれていたこととも無関係ではないだろう。レナード・ウルフは、ウルフの研究者、神谷美恵子にあてた手紙で、ヴァージニア・ウルフが、「狂気の時には、食べることをいっさい拒否」し「食べ物に対するコンプレックス」を持っていたと述べている（神谷 五五七頁）。こうしたことから神谷は、ウルフの精神の病の症状として「拒食」を取り上げている（神谷 二二頁）。エレイン・ショウォルターも、ウルフが「拒食症」であったと指摘している（Showalter, *A Literature of Their Own: British Women Novelists from Brontë to Lessing* 263–269）。さらにアリー・グレニーは、ウルフが「摂食障害」であったと考え、『がつがつしたアイデンティティ――ヴァージニア・ウルフの生涯と作品における食べることと摂食障害』でウルフ自身の私生活を食の観点から検証し、ウルフの摂食障害とテクストの関わりについて論じている（Glenny vii–ix, 16–18）。

このように「食べ物に対するコンプレックス」を持ち、食事をとることを拒んでいた一方で、ウルフは食べることに対して強い関心を抱き、食べることも楽しみ、料理をすることも趣味の一つとしていた。そうしたウルフの食へのアンビヴァレントな姿勢は、食を描く際にも表れており、ウルフ独自の食の政治学というべき食とジェンダーをめぐる主張が込められている。こうした食

図１　ヴァージニア・ウルフ
（出典：Caroline Zoob, *Virginia Woolf's Garden*. p51）

とジェンダーの問題は、現代の作家マーガレット・アトウッドの『食べられる女』(一九九六)でも取り上げられているように、現代の問題でもあるのだ。

4　モダニズムの台所革命

さらにモダニズム小説の食の表象は、イギリスの台所の近代化とジェンダーや階級を取り巻く社会の変化を映し出している。食べることは、どの時代にも共通する普遍的な行為であるが、食事の風景はいつの時代も同じとは限らない。とりわけモダニズムの時代は、台所革命というべき重要な変化が起こった時代である。

例えば一九世紀のイギリスの中流階級の家庭では、使用人がおり、料理は料理人によって作られた。しかし使用人を取り巻く状況の変化が台所を大きく変えることとなる。

一九世紀イギリスの上・中流階級では、男性も女性も賃金を得て生計を立てることが卑しいこととされていた。そして家事労働も使用人に分業化され、家事は有閑階級の女性の仕事ではなかった。しかし二〇世紀最初のイギリスで、こうした使用人文化は徐々に衰退していく。

その転換期となるのが、当時、イギリスで深刻な社会問題となっていた「使用人問題」である。

第一次世界大戦中、戦争に行った男性たちに代わりそれまで男性たちが就いていた多くの職業に労働者階級の女性たちが就くことになる。その結果、職業選択の幅が増え、使用人の仕事が敬遠されるようになる。そして使用人の数が不足したために、使用人の市場は高騰し、使用人を雇えない家庭が増加する。さらに今度はガスや電気の普及と台所設備の近代化、機器の発明により、それまでその仕事をするために必要だった使用人が不要になり、徐々に機器が使用人に取って代わっていった。

こうした使用人文化の衰退は、家事労働をめぐるジェンダー役割さえも変えていくことになる。それまで使用人がいた中流階級の家庭では、家事は使用人の仕事だった。しかし使用人を雇うことができなくなった家庭で家事は女性たちが担うこととなった。

そのためモダニズムの時代は、のちに起こる家事や育児を完璧にこなす主婦という幻想が浸透していく時代への転換期であるといえる。こうした男女の家事役割の問題は、女性の社会進出が進む現代の私たち自身の問題でもある。そしてこの時代の台所と使用人をめぐる変化は、モダニズム小説を通しても見ることができ、その食の表象は、ジェンダーや階級の問題を考える上でも重要なのだ。

5　本書について

本書は、ウルフを中心としたイギリスのモダニズム小説を通して、この時代のイギリスの食文化を検証する一方で、食とジェンダーの関わりなどの今日にも通じる問題意識を読み解くことを目的としている。

本書は、第Ⅰ部「ウルフの「食べ物に対するコンプレックス」」、第Ⅱ部「ウルフの食の政治学」、第Ⅲ部「モダニズムの台所」、第Ⅳ部「感覚の世界」の四部から構成されている。

第Ⅰ部「ウルフの「食べ物に対するコンプレックス」」の第1章『ダロウェイ夫人』における食事療法」では、『ダロウェイ夫人』（一九二五）を通してウルフの摂食障害と、当時ウルフが精神の病の治療として受けていた「安静療法（rest cure）」との関わりに注目している。『ダロウェイ夫人』でセプティマス・ウォーレン・スミスが強いられる「安静療法」は、絶対的な安静と食事を無理やり摂取させることにより体重を増やすことで、精神と身体の健康を取り戻すための治療であり、当時の優生学的な思想が反映されている。

第Ⅱ部「ウルフの食の政治学」では、フェミニストとして知られるウルフの食を通して示されるジェンダー・ポリティックスについて見ていく。第2章「『灯台へ』の食卓の美学」では、『灯台へ』（一九二七）の食の表象を分析することで、子供の精神的な成長と食との関わりや、男性と女性にとっての食の持つ意味の相違など食に関するジェンダー・ポリティックスを明らかにしていく。

第3章「『オーランド』と『自分だけの部屋』にみる食とジェンダー」では、ジェンダー化を促す「もの」の影響を探るために、食べ物や衣装といった「もの」が人間の内面にいかに影響を与え、それが男女の性差を作り出しているのかを『オーランド』（一九二八）と『自分だけの部屋』のテクスト分析を通し検証している。

第Ⅲ部「モダニズムの台所」では、モダニズム小説を通して、二〇世紀イギリスの台所事情と当時の階級制度や男女の性役割の変化を読み解いていく。第4章「ウルフと「使用人の肖像」」では、『ダロウェイ夫人』とそのアダプテーション（翻案小説、翻案映画）での使用人の表象を対比することで当時の使用人問題がウルフのテクストへ与えた影響を探る。二〇世紀初頭、使用人問題がイギリスで深刻化する中で、ウルフ家もまた同様の問題を抱えていた。ウルフの料理人ネリーとウルフは絶えず緊張した関係にあり、この使用人は、ウルフ家では「ネリー問題」と呼ばれる夫婦の悩みの種になっていた。しかし彼女の料理人との関係は、料理人の「肖像を描きたい」という創作意欲を刺激し、ウルフは多くのテクストで使用人と女主人との関係を描いている。ここでは、ウルフと彼女の料理人との関係を探ることで、当時の家庭で深刻になっていた「使用人問題」

や彼女の料理人がウルフの創作に与えた影響について示していく。

第5章「ウルフの台所」では、ウルフと彼女の料理人ネリーとの関係に注目している。ウルフは使用人を雇う余裕のある当時の裕福な家庭の女性としては珍しく、実生活の中で自ら料理をした。このウルフの料理への情熱は、彼女の料理人との軋轢が生んだものでもある。ここでは使用人制度の崩壊とそれに対する当時の人々の葛藤を読み解いていく。

第6章「モダニズムの料理をする男たち——フォースター、ロレンス、ジョイスのテクストをめぐって」では、フォースターの『ハワーズ・エンド』（一九一〇）、ロレンスの『チャタレイ夫人の恋人』、ジョイスの『ユリシーズ』の料理をする男性像に注目し、二〇世紀初めのイギリスの家庭で起きた家事労働についての変化について検証する。

さらにこうした食の表象は、モダニズム小説の文体実験とも密接に関わっている。「一九一〇年の一二月かその頃に、人間の性質は変わった」（"CF" 38）というウルフのモダニズム宣言にあるように、モダニズムの作家たちにとって、一九一〇年は画期的な年であった。それはロジャー・フライによる「ポスト印象派展」がイギリスで開かれた年であり、その展覧会はウルフをはじめとした当時の作家たちに強い影響をもたらしたのだ。その一つが感覚表現への関心である。第Ⅳ部「感覚の世界」では、モダニズム小説の食の描写に見られる感覚表現に注目している。

ジョイスは『ユリシーズ』を執筆するための計画表で、各挿話に身体の異なる器官の役割を与えていることを明らかにしている。その器官の一つとして「腎臓」が割り当てられた第四挿話「カリュプソ」では、排尿と排便の場面が描かれている。さらにこの挿話では、食べ物の摂取、消化、排泄が、読書行為と創作行為とも重ね合わされている。第7章「ジョイスにおける食とテクスト――『ユリシーズ』の「カリュプソ」をめぐって」では、『ユリシーズ』というテクストと身体をめぐる食べ物に注目することで、ジョイスの身体感覚について考えていく。

第8章「『フラッシュ』における味覚、そして臭覚の世界」では、ウルフの『フラッシュ』(一九三三)での味覚や臭覚の描写に注目する。『フラッシュ』は犬を主人公にしており、犬の感覚世界を描くために、この小説では味覚や臭覚が重要な働きをしている。さらにこうした味覚や臭覚により知覚される犬の感覚世界は、文字や言語を重視した人間社会の視覚中心主義と対比されている。ここでは、人間中心主義、そして父権制社会に対するウルフの批判をこの小説の感覚表現に注目することで読み解いていく。

本書は以上のようなモダニズム小説のテクスト分析に加え、モダニズム小説にまつわるコラムを掲載している。例えばコラム(4)の「モダニズムと「料理男子」」では、モダニズム小説の料理をする男性像と今日の日本での「料理男子」現象を対比し、男女の性役割に変化が見られるモダニズムの時代と女性の社会進出が進む現代の日本社会での共通性を探っている。モダニズム小説の食の表象分析は、今日にも通じる問題意識を探ることでもあるのだ。

このようにジェンダー論、身体論、文化研究、比較文学、アダプテーション研究などの様々な観点からの分析やコラムを通し、モダニズム小説の食の描写の重要性を示すことが本書の目的である。

それではモダニズムの胃袋を覗いてみよう。

Ⅰ　ウルフの「食べ物に対するコンプレックス」

第1章　『ダロウェイ夫人』における食事療法

1　「食べ物に対するコンプレックス」

ウルフは、『自分だけの部屋』（一九二九）で、「食べている物について」は「ほとんど言及しない」という従来のリアリズム小説の作家たちの「しきたり」を批判し、食事を描くことの重要性を主張している（*AROO* 12–13）。それにもかかわらず、『ダロウェイ夫人』（一九二五）では、自身が批判の対象にしている小説家たちのように「ほとんど食べているものについて言及」していないだけでなく、食べる行為が描かれる際には、食べることに否定的な意味さえ与えているのである。さらにウルフは、『ダロウェイ夫人』を執筆する際、食事の場面を描くことに苦痛を感じていたと日記の中で記しており、ピーター・ウォルシュが食事をする場面が、セプティマス・ウォーレン・スミスの狂気の描写と共に、執筆の「障害」となっていたと述べている（*D2*: 310）。

ウルフのこのような食べることへのアンビヴァレントな反応は、「食べることを楽しんでいた」一方で、「狂気の時には、食べることを拒否し」、実生活では夫のレナード・ウルフが述べるように「食べ物に対するコンプレックスを持っていた」(Leonard Woolf, *Letters of Leonard Woolf* 557) ことの表れである。

『ダロウェイ夫人』でとりわけ食事が否定的に描かれているのは、精神を患ったセプティマスが精神科医に「安静療法」を施される場面である。したがって本章では、安静療法とウルフの「食べ物に対するコンプレックス」との関係を『ダロウェイ夫人』の描写の中で読み解いていく。

2　治療としての食事

『ダロウェイ夫人』の中で、シェル・ショックの患者セプティマスに医師たちが用いる治療は、アメリカの神経学者のサイラス・ウィアー・ミッチェルが考案した「安静療法 (rest cure)」と呼ばれたものであった。(1) この安静療法は、安静と食事療法を結びつけた治療である。食事療法の内容については、『ダロウェイ夫人』の草稿での精神科医のウィリアム・ブラッドショーの言葉に顕著に現れている。その中で、ブラッドショーは、「牛乳は、非常に頼りになるものだ。それに生卵を割り入れ、毎時間、できたらもっと頻繁に摂取させる」(Gordon 63–64)と患者に食事を処方している。

さらに安静療法のそうした食料摂取は、ハーバート・スペンサーやヘンリー・モーズリーらの思想を受け継いだ「エネルギー保存の法則」に基づいた、「人間の身体のエネルギーは限られていて、無尽蔵ではないので」、「節約しなくてはならない」という思想に影響を受けたものであった(Greenslade 134–135)。

ヒステリー症などの精神の病もまたエネルギーが不足することによって引き起こされると考えられていた。さらに当時、女性たちが高等教育などの知的な活動に従事することは、大量のエネルギーを消費させ、母性を減らし、精神の病を誘発させるとさえ信じられていた(Greenslade 134–135)。知的な活動によるエネルギー消費によって「不足した脂肪と血液」は、治療で「完全なる安静と過度に食事を与えること」によって取り戻すことができるというのが安静療法の考えであった(Showalter, *The Female Malady: Women, Madness, and English Culture, 1830–1980*. 138–139; 一七六–一七八頁)。

安静療法の治療中、患者は、「家族や友人から隔離され、ベッドに縛り付けられ、立つことや裁縫、読書や書くこと、どのような知的活動をすることも禁じられ」、「食事は、看護婦によって与えられる」。そして「牛乳から始まり、徐々に一日数回のたっぷりした食事に至るまで、食事計画で患者は五〇ポンド［約二二・五キロ］もの体重の増加が予期された」（Showalter, *The Female Malady: Women, Madness, and English Culture, 1830–1980*. 138–139）。つまりこの治療は、「知的活動」という精神の食べ物を患者から奪い、物質的な食べ物を強要することで、患者を肥らせ、医師らが考える身体と精神の健康な状態を取り戻すというかなり過酷なものであった。

こうした身体を養う食べ物の重視と、それに対する精神性の軽視は、セプティマスを治療する医師たちにも見られる。

ホームズ医師はふたたびやって来た。大男で、血色のよい、ハンサムな彼は、深靴を軽くたたき、鏡をのぞき込みながら症状のすべてを——頭痛も、不眠症も、恐怖も、幻想も——一蹴し、神経性の症状にすぎませんなと言った。わたしはもしも体重が十一ストーン六ポンド［約七三キロ］から半ポンド［約二二五グラム］欠けただけでも、朝食の時に妻にオートミール粥のおかわりを要求します。（奥さんもそのうちオートミール粥のつくり方をおぼえるでしょう。）健康というのはだいたいは自分自身で管理できるものですよ。外の世界に関心をもつようにしなさい。それからなにか趣味をもつことですな。彼はシェイクスピア——『アントニーとクレオパトラ』——をひらいてみた。そしてわきに押しやった。とにかく何か趣味を、とホームズ医師はつづけた。（*MD* 77–78; 一二六—一二七頁）

医師のホームズは、体重を「健康」の指標とし、「健康」は、食料を摂取し体重を増やすことによって、「管理できる問題だ」と考えている。そしてセプティマスが持っているウィリアム・シェイクスピアの本をちらりと見たホームズは、その本を「わきに押しやった」。さらに「読書をする時間がなかった」ブラッドショーは、教養のある人々に密かに劣等感を抱いており、自分に教養がないことを意識させる、セプティマスの態度に憤りを感じている（*MD* 83）。

ブラッドショーは、安静療法にのっとり、狂気に陥った患者に「牛乳を飲む」（*MD* 85）ことと、ベッドで一人きりの状態で、「友人とも本とも無縁な」「六ヶ月の安静」を命じ（*MD* 84）、その結果、患者は、診療所に来る前に「七ストーン六ポンド［四七・一五キログラム］」だった体重も、診療所を出るときには、十二ストーン［約七六キログラム］まで回復し」（*MD* 84）、ブラッドショーが「均衡の感覚（a sense of proportion）」（*MD* 82）と呼ぶ健康な状態を回復することができるというわけだ。

ブラッドショーは、この「均衡の感覚」を健康の指標とし、「均衡の感覚を欠いている」人々を「よい血統の欠如した」「狂人」とみなし、彼らを診療所に隔離することで、イギリス社会から排除しようとする。それは「よい血統の欠如によって引き起こされる反社会的な衝動を抑制」することで、「社会の治安と安寧」を守り（*MD* 86）、「イギリス全体を繁栄」（*MD* 84）させるためである。

3　優生学と健康思想

ブラッドショーが治療において食べることを利用し、それにより社会に利益をもたらすという政治的な目的を実現しようとしていたのと同様に、レイディ・ブルートンの昼食会もまた政治的な目的のために食事を利用している。この昼食会では、ブルートン家の「奉仕の灰色の潮（the grey tide of service）」（*MD* 91）を構成する使用人たちによって、「秘儀ないし壮大な手品」のように、「音も立てず」食事が準備される。その結果、「食卓が自ら自発的に」、グラスや銀器、小さなマットや赤い果物の皿を「並べ」、「褐色のクリームの薄い膜がカレイを覆い」、「キャセロールの中には、鶏肉が切り身となって泳いでいる」という食べ物についての「深遠な錯覚」が生じる（*MD* 88–89）。その「深遠な錯覚」のために、ヒュー・ホイットブレッドは、食事を用意した使用人たちの存在を感じることなく、「全宇宙と一体になっているという安心感」と「自分の立場が完全に安泰であるという」支配階級としての自身の社会的な権威に確信を抱くことができるのだ（*MD* 89）。

アリー・グレニーは、『ダロウェイ夫人』の「食べ物と父権制における社会政治的な権力との関わり」について指摘しているが（Glenny 117）、この場面ではそうした父権制を支える「男性的な昼食会」の役割が明らかにされている（*MD* 90）。さらにブルートンは、食事会やお茶会を政治的な目的の実現と自身の繁栄のために利用している。彼女が、昼食会で主張している「良家の子女をカナダに移住させる」（*MD* 92）という計画は、国家を健康で「よい血統」（86; 一五二頁）の人々で満たすために優生学的に劣った「余剰な若者たち」（*MD*93）を植民地に排除するというものである。したがってブラッドショーの治療と同様に、レイディ・ブルートンの移民案もまた『退化』の著者のマックス・ノルダウの影響のもとに展開された優生学の思想を色濃く反映した政策であるといえよう。(2) そうした優生学の信仰者たちは、「栄養の行き届いた」食事を食べ、肥り、健康的な体を手に入れることで、繁栄している。

精神科医ブラッドショーの妻レイディ・ブラッドショーの晩餐会が示すように、優生学信仰者たちは実際の食べ物を摂取するだけでなく、「人間の意志」をもその餌食とする。

しかし好みのやかましい改宗の女神は煉瓦より人血を好み、人間の意志を狡猾にむさぼり食う。そのいい例がレイディ・ブラッドショーだ。一五年まえ、すでに彼女は屈していた。いつからと指摘できるわけではない。とげとげしい言い争いもなかった。ただ彼女の意志が彼の意志のなかにゆっくりと沈みこみ、その泥沼のなかにはまりこんで身動きがとれなくなっただけのことだ。彼女はかわいらしく微笑み、速やかに服従した。八品か九品の料理をそろえ、十人か一五人の同業の客をもてなすハリー・ストリートの晩餐会は、スムーズに上品に進行する。ただ夜が進むにつれ、ほんのわずかな退屈の色、または不安な色(かもしれない)、そして神経質そうな顔の痙攣、ぎこちない手の動き、足のよろめき、精神の動揺が表にあらわれ、それがまことに信じるに忍び難いことだが、彼女が自分を偽っていることを示していた。かつて、ずっと昔のことだが、のんびりと鮭を釣ったこともある彼女だが、いまや、夫の目をぎらぎらと輝かしている支配欲と権力欲に仕えようと身構えながら、身をしめつけ、しぼり、削り、刈り込み、後ろに退き、そして顔色をうかがう。なにがこの晩餐会を居心地の悪いものにするのか、なにがこの頭のてっぺんの重たさの原因なのか、正確にはわからないが(それはおそらく専門的な会話のせいか、あるいは人生がレイディ・ブラッドショーの言い方を借りれば「自分のためでなく、患者のためにある」偉大な医者の疲労のせいだった)、とにかく晩餐会は居心地の悪いものだった。だからお客たちは、時計が十時を打ったとき、歓喜さえ感じながら、ハリー・ストリートの空気を吸い込むのだった。しかしそのような安堵感は、サー・ウィリアムの患者にはけっしてあたえられないものだった。

(*MD* 85–86; 一三九―一四〇頁)

レイディ・ブラッドショーの晩餐会では、夫ブラッドショーに巣くう「好みがやかましく」「人間の意志」と「血」を好む「改宗」の「女神」が「人間の意志を狡猾にむさぼり食う」ために、客人に「食料を与え」、肥らせているかのようである。

ブラッドショーは、安静療法の治療として食料だけでなく、「自分の意志を刻印することを好み」(*MD* 85)、「自らの意志」をも無理やり摂取させることで、人々を改宗させようとする。そのため、その晩餐会の参加者たちは、「居心地の悪さ」を感じ、会が終わると喜び、安堵する。しかしそのような「安堵は、彼の患者たちには与えられ」ておらず、患者たちは、改宗の女神に、無惨に自分の意思を「むさぼり食」われる。さらに語り手は、改宗の女神の犠牲者として、医師である夫と共に均衡の重要性を説き、安静療法を推し進めているレイディ・ブラッドショーの名を挙げている。彼女は、安静療法を推し進めた結果、食料摂取により、身体的に肥ったが、夫に意志を「むさぼり食」われ、次第に身体の不調をきたすようになる。

レイディ・ブラッドショーとは対照的に、セプティマスは、医師らの思想を反映した食べ物を摂取することを拒むという拒食の行為によって、自らの意志を医師らに「むさぼり食」われることから守る。ホームズは、セプティマスの妻のレイツィア・ウォーレン・スミスをお茶会に招き、セプティマスに与えるオートミールの作り方を彼の妻から習うように勧め、ブラッドショーは、安静療法により彼に食べることを強要する。このように医師らの食べ物が家庭の中に浸透していく中で、食べ物は、セプティマスにとって「恐怖」を与えるものに変わる。

彼はおののいてはっと身を起こした。なにが見えるのか？　食器棚の上のバナナが載っている大皿。だが誰もいない。（レイツィアは子供を母親のところに連れていったのだ。もう寝かしつける時間だから。）ははあ、そうか。永遠にひとりぼっちになったのか。これがミラノで宣告された宿命だったのだ。あの部屋に入り、堅くした亜麻布の型をあてて鋏で裁断している彼女たちの姿を見たあの時に。永遠にひとりぼっちになる宿命。

あの食器棚とバナナとともにぼくはひとりとり残された。

（*MD* 123; 一九八頁）

セプティマスは、「バナナの載った皿」と対峙する時、強い恐怖を感じている。そしてパン切り用ナイフや調理用のガスパイプは、もはや彼にとって、料理し、食べるための道具ではなく、自らを死に導くための手段でしかない（*MD* 126）。「食事は好ましい」が、「自殺しなくてはならない」（*MD* 78–79）と考えているように、セプティマスは、食べることと生きることの関わりを認識している。しかしセプティマスは、医師らの与える食べ物を食べることによって、「魂の私的な領域（privacy of soul）」を奪われ、彼らの思想で肥らされることで、精神的な死に追いやられることを恐れ、拒食し、死を選ぶのである。

4　がつがつした人々

一人で食事をしていたピーター・ウォルッシュが「がつがつした感じのない夕食に取り掛かる仕草によって」、見ず知らずのモリス家の人々の「尊敬を勝ち取ることができた」（*MD* 135; 二一八頁）のとは対照的に、がつがつとした食欲を示しているヒューに対して、同席しているミリー・ブラッシュは、「今まで見たことがないくらい食い意地が張っている人だ」、「彼は鶏肉のことしか考えていない」（*MD* 91）と反感を示している。ブルートンもまた「ヒューはほんとうにのろい」「肥ってきている」（*MD* 92）、がつがつしていると彼の貪欲さに嫌悪感を抱いている。

こうした貪欲な食欲は、ヒューの階級的な上昇志向とも関っている。ヒューは、「石炭を扱う商人」（*MD* 62）の家の出身であったが、公爵夫人のお茶会に招かれ、手作りケーキを賞賛（*MD* 147）し、教養とは無縁なまま「がつがつ」と食事を食べることで、社会的な地位と経済的な繁栄を手にし、「イギリス社会というクリームの上に浮かぶ」（*MD* 87）ことができている。

食べることと結び付けられたこうした階級意識は、労働者階級であるドリス・キルマンの描写でより顕著となる。(3) ヒューと同様に、キルマンもまた過剰な食欲を示しているが、そうした食欲は、性欲と結び付けられることでより複雑な様相を帯びている。(4)

ミス・キルマンは口をあけ、わずかに顎を突き出して、チョコレート・エクレアの残りを飲み込んだ。それから指をふいて、カップをまわして紅茶をぐるぐる動かした。

わたしはもうばらばらにちぎれてしまいそうだ、と彼女は感じた。心がとても痛む。もしエリザベスをつかまえていられたら。しっかり抱きしめていられたら。完全に永遠に自分のものとし、そして死ぬことができたら。それだけでいい。（*MD* 112; 一八〇–一八一頁）

キルマンは、チョコレート・エクレアを大口でがつがつと食べている。こうしたキルマンの貪欲な食欲は、「エリザベスを完全に自分のものにすることができたら」と考えているように、エリザベスへの同性愛的な欲望とも無関係ではない。(5) パトリシア・ジュリアナ・スミスは、そうしたキルマンの「大食」を「性的な渇望」の代償行為とみなしている（Smith 58–59）。

ミス・キルマンはお腹がすいているのかしら、とエリザベスは思った。それほど彼女の食べ方は独特だったのだ。勢いよく食べ、それから隣のテーブルのうえの砂糖をまぶしたケーキのお皿に何度も目をやった。そこに婦人と子供が腰をおろし、子供がそのケーキを食べはじめたが、いったいミス・キルマンはほんとうにそのケーキがほしかったのだろうか？　そう、たしかにミス・キルマンはそれが食べたかった。ほしかったのだ――そのピンク色のケーキが。食べる快楽は、彼女に残されたほとんど唯一の快楽だったから。けれどそれすらも思いどおりにならないなんて！（*MD* 110; 一七八－一七九頁）

キルマンが、エリザベスを自分のものにすることができないのと同様に、キルマンには「残されたほとんど唯一の純粋な楽しみである」その「食べる快楽さえも許されていない」。スミスは、「大食と結び付けて」エリザベスをめぐるキルマンとクラリッサの「三角関係を扱うことで」この場面での「レズビアン・パニック」は「最高潮に達している」と指摘している（*MD* 59–60）。

さらにクラリッサが想像するキルマンの姿を体現した「残忍な怪物」（*MD* 10）もまたブラッドショーの中に潜む「改宗の女神」と同様に、人々を征服し、支配し、「改宗」したいという支配欲に満ち、その食料として「我々の生き血の半分を吸い取る」（*MD* 10）。クラリッサは、この「残忍な怪物」が「美や友情、健康でいること、愛されること、家庭を楽しいものにすることとすべてにたいする満ち足りた感情」を「揺すり、ふるわし、ゆがめてしまう」（*MD* 11）という恐怖を感じている。「肉欲」を体現したキルマンを前にした時のクラリッサの混乱は、食べ物を前にした時のセプティマスの混乱とも類似している。

彼［セプティマス］は用心深く目をあけはじめた。それは蓄音機が本当にそこにあるのかを確かめるためだった。だけど実在のものは刺激が強すぎる。用心しなければ。頭が変にならないように。彼はまず手はじめに下の棚に並べてあるファッション雑誌を見て、それから徐々に緑色のラッパのついた蓄音機に視線を移した。これ以上確実なものはない。それから勇気をふるいたたせて食器棚を見た。バナナが載っている大皿。ヴィクトリア女王とアルバート公の版画。ばらを生けた花瓶の置いてあるマントルピース。どれひとつ動かない。すべては静止し、すべては実在している。

（*MD* 120: 一九三―一九四頁）

「食器棚」とその中にある「皿の上のバナナ」は、あたかもセプティマスを狂気に導くものであるかのようなリアルな存在であり、そのため彼は、「皿の上のバナナ」と対峙するために「勇気をふるいたたせ」なければならないのだ。

このセプティマスの食べ物を前にした戸惑いは、彼の性的な嫌悪感とも関っている。セプティマスは、「男女間の愛は、嫌悪を抱かせるもので」、「性交は不潔なものである」と感じており、子供がほしいという妻のレイツィアに対して「このような世界に子供を送り込むことはできない」と思っている（*MD* 75–76）。セプティマスは、愛していないのに妻と結婚し、「妻を誘惑した」自分を責め、「あばたで覆われ、悪徳を印づけられて」おり、彼を「見た女たちは身震いするだろう」

と、性交と自分の身体に対して激しい嫌悪を示している。セプティマスのこうした性的嫌悪は、彼とその妻の食べ物に対する反応の違いにも表れている。アイスクリームやチョコレートや甘いものを好むレイッィアと対照的に、セプティマスは「味覚を感じず」、彼にとっては、食べ物が楽しみを与えるどころか、恐怖さえも与えるものである（*MD* 74）。したがって味覚を感じず、食欲を失っているのと同様に、彼は、性欲を失い、妻と性的な関係を結ぶことができないのだ。

このように『ダロウェイ夫人』では、食べることが階級意識や性欲と結び付けられることで、非常に否定的に描かれている。こうした食事に対する過度の摂取と拒否という、食べ物に対する過剰な反応に注目すると、クラリッサのパーティーでの、食事を楽しむ場面の不在にも留意すべきである。なぜなら『自分だけの部屋』の中で、ウルフは、あれほど食事を描くことの重要性を指摘しているにもかかわらず、クラリッサのパーティーでは、使用人たちが料理を準備する場面をのぞき、食事の場面が登場することはない。小説の中では、「よい夕食は、よい語り合いには、非常に重要だ」（*AROO* 23）とウルフ自身が述べているように、食事がとりわけ重要性を持つはずのパーティーの場面で、食事の描写はほとんどみられない。それゆえこの小説では、ウルフの「食べ物に対するコンプレックス」が、食事の場面の描写に対する「障害」を生み出してしまっているのである。

5 「食べることへのタブー」

『ダロウェイ夫人』の中で、食べることに対して極端に否定的な描写がなされたのは、安静療法を扱っているためだと思われる。セプティマスと同様に、ウルフもまた精神の病のために、この安静療法を受け、セプティマスがブラッドショーから薦められた診療所のようなトゥイッケナムのジーン・トマスの療法所に六週間入院し、一九一〇年から一五年の間に四回この療法所を訪れている。ウルフは一九一〇年にジーン・トマスの療法所に入院中、姉のヴァネッサ・ベルに送った手紙に次のように書いている。

ミス・トマスは愛らしく、ミス・ブラッドベリーも善良な女性だけど、あなたは私がいかに知的な会話を求めているのか、理解することは出来ないでしょう。たとえあなたとの会話でさえ、切望しているのだから。私が言いたいことは、私がすぐに窓から飛び降りなければならないだろうということ。その家の醜さは、説明することがほとんど不可能だけど、白くて、緑と赤の斑な色をしている。それから、そこでは、食べることと飲むこと、暗闇の中で閉じ込められることが全てなの。私は自分の脳が熟しているかどうか調べられている梨のように感じる。私の梨は、九月までには完熟でしょうね。

（*Congenial Spirits: The Selected Letters of Virginia Woolf* 60–61）

この手紙の中で、ウルフは、療養所では、「知的な会話」がなく、「食べること、飲むこと、暗闇の中で閉じ込められることが全て」であり、このような状況では、窓から飛び降りるほかないだろうとその悲惨さを訴えている。

カラマグノは、「過剰に食事を摂取することを強調する安静療法は、ある時は彼女を回復させた」し、ウルフに安静療法を施した医師が「ヴァージニアの体重に目を配ることは」、「彼女には効果があった」と主張している（Caramagno 23–24）。しかし食べることや太ることを強要する安静療法の治療は、ウルフの「食べ物に対するコンプレックス」について考える時、なおさら過酷なものであったと思われる。実際にウルフは、治療の中で、看護婦四人によって食料を無理やり食べさせられた際は、激しく抵抗したという(6)（Poole 152–156）。レナード・ウルフは、「彼女は肥るということ（まったく不必要な）恐れを抱いていたといえるかもしれない。しかし彼女の心の背後に、あるいは胃のくぼみの中に、それより何かもっと深いもの、食べることに対するタブーがあった」と述べている（Leonard Woolf, *Beginning Again: An Autobiography of the Years 1911–1918* 163）。

さらにレナード・ウルフは、ウルフの研究者である神谷美恵子にあてた手紙の中で、ヴァージニア・ウルフが、「狂気の時には、食べることをいっさい拒否」し「食べ物に対するコンプレックス」を持っていたことを明らかにしている（神谷 五五七頁）。こうしたことから神谷は、ウルフの精神の病の症状として「拒食」を取り上げている（神谷 二二頁）。ショウォルターも、ウルフが「拒食症」であったと指摘している（Showalter, *A Literature of Their Own: British Women Novelists from Brontë to Lessing* 268–269）。さらにグレニーは、ウルフが「摂食障害」であり、その主な原因として彼女が幼少期に義兄たちから受けた「性的な虐待」をあげている（Glenny, viii-ix, 16–18）。

おそらくウルフの「食べることに対するタブー」は、そうした性的なトラウマとも関係していただろう。こうした性的なトラウマと食べることとの関わりについて考える時、安静療法の治療の過酷さはより際立ったものに思われる。(7) なぜなら「安静療法は、自分の肉体を否定し、食欲、感覚を否定している女たちを、長期にわたって肉体と食欲と感覚とに正面から向き合わせる」役割があったからである（Showalter, *The Female Malady: Women, Madness, and English Culture, 1830–1980*. 140）。そして治療の中で強いられる「体重の増加」は、「一種の擬似妊娠」さえ意味していた(8)（Showalter, *A Literature of Their Own: British Women Novelists from Brontë to Lessing* 247, *The Female Malady: Women, Madness, and English Culture, 1830–1980* 140）。したがって安静療法の治療は、自身の「肉体」と「食欲」という彼女にとっての「恐れ」と「タブー」の源と向き合うことだった。そのため『ダロウェイ夫人』で、安静療法を描いたために、食べることが、性欲や肥ることと結びつき、その結果、食べる行為や食事の場面が、否定的に描かれてしまったと考えられる。

『ダロウェイ夫人』を執筆の際、ウルフの「食べ物に対するコンプレックス」は、食の描写にとっての「障害物」であったかもしれない。しかしながら狂気が時に、彼女に想像力を与えたのと同じように、彼女の摂食障害は、きわめてアンビヴァレントな意味を担っていたに違いない。今日、摂食障害は、「食べることにとらわれた病」と認識されているが、おそらくウルフ自身が、食べることに強くとらわれていた人だったからこそ、彼女は、「教養に裏づけされた食い意地」（Forster, "Virginia Woolf" 246）でもって多くの読者を魅了するおいしそうな食事を描くことができたと同時に、その残忍性を暴露することができたといえるだろう。(9)

Ⅱ　ウルフの食の政治学

第2章
『灯台へ』の食卓の美学

1　二つの食卓

『灯台へ』（一九二七）には、二つの食卓が登場する。一つは、ラムジー夫人が客人たちをもてなす晩餐会の食卓であり、そこでは料理人の自信作ブフ・アン・ドーブがおいしそうな匂いを漂わせ、それを食べた客人たちを幸福感に包み込む。これとは対照的な食卓のイメージが、ラムジー家の客人リリーが想像する、大学教授ラムジー氏の哲学の研究を象徴する、誰もいない空間にある飾り気のない食卓そのものの姿である。

これら二つの食卓には、それぞれの食卓の美学と呼びうる美意識が存在し、その美意識は、画家であるリリーの「両性具有」的な絵画観に影響を与えている。さらにこの小説では、この食卓で供される母親と父親の愛情と結びついた母的、父的な食事が登場する。本章では、『灯台へ』

の食卓の美学について、ジェンダーの観点から検証していく。

2　食卓の創造性

ウルフは、『ダロウェイ夫人』（一九二五）をはじめとする様々なテクストで、ホステスとして食事会を取り仕切る女性たちを描いてきた。『灯台へ』においても、ラムジー夫人の晩餐会は、テクストの重要な場面となっている。

こうした食事会を支えるホステスとしての仕事は、芸術家であるリリーが絵画を創造する際の創造性と共通している。ドッドは、ラムジー夫人は、「混沌から秩序を生み出すことが出来る芸術的なホステスである。彼女は、彼らの間に調和的な婚約を促すために、バンクス氏の近くにリリーを座らせることを決めるが、このことは、よりよい芸術的なバランスを引き起こすために、絵のより中心に、木を置くことを決めたリリーの決定と対応関係にある。異なる媒介を使っているが、両者は芸術家である」と述べている（Dodd 152）。

混沌の中から調和をいかに生み出すかということは、画家同様に、ホステスの仕事で創造的な側面である。例えば、食事会に出す料理の内容を料理人と決める際、料理の盛り付けでは、その見た目の形や配色の調和を考慮し、味の調和を考え、料理の組み合わせを考える。さらにテーブルクロスの色や食器選びにおいても、いかに調和がとれているかということが重要である。さらに『ダロウェイ夫人』ではクラリッサがパーティーに飾る花を自ら買いに行くほど、装飾としての花もその調和作りには不可欠なものであり、そのセンスが問われる。

物により生み出される調和に加え、重要なことは、ドッドも指摘する食事会の席次表における組み合わせである。誰と誰を隣に座らせるかということの席決めがうまくいかないと、食事会の雰囲気が台無しになり、会は破綻してしまう。

こうしてホステスによって、食事会の準備が整えられた後で、会食中、ホステスは、出席者たちが心地よく感じられ、一体感のあるよう雰囲気を作っていかなければならない。したがってホステスの仕事は、創造性の面で、異なる色彩や形の組み合わせから、混沌の中から絶妙な調和を生み出し、絵画を創造する画家の仕事と重なるのだ。

ラムジー夫人もまた晩餐会で、人々の感情の渦という混沌の中から調和を生み出そうと奮闘している。晩餐会で、最初、出席者同士はみんな異なることを考え、まとまりがなく、晩餐会は不穏な雰囲気に包まれていた。

こうして心の中の思いと実際にやっていること――スープをよそうこと――のギャップに

思わず眉をしかめつつ、夫人はますます強く、自分が渦の外にいるのを感じた。あるいは何か影が降りかかり、多彩な色彩が奪われて、もののあるがままの姿がみえてきたようでもあった。この部屋の雰囲気は（彼女は見渡してみた）、ずいぶんみすぼらしい。どこにも美しさなど見当たらない。タンズリーさんの方に目を向けるのは、あえて避けた。何ひとつ溶け合うことなく、皆ばらばらに座っている。そして溶け込ませ、流れを生み、何かを創り出す努力はすべて彼女の肩にかかっていたのだ。反感をもつというよりただの事実として、夫人はあらためて男たちの不毛さを感じた。だってわたしがしなければ、誰もわざわざそんな役を引き受けようとはしないのだから。

（*TL* 91; 一五六頁）

『灯台へ』の中の多くの男性にとって食事は、重要な意味を持っていない。男性たちにとってラムジー夫人の食事会は、より重要な仕事から彼らを引き離すものにすぎず、「時間の無駄」であり、「価値のないもの」である（*TL* 97）。そのため食事会でも男性たちの不満があらわになり、食卓の豊さを損なう男性たちのその不毛さが影を落とし、食卓の美しさや色鮮やかさが奪われてしまう。

人々の感情が渦巻き、「何ひとつ溶け合うことのない」この不毛な状態からラムジー夫人は、それらを「溶け込ませ、流れを生み」一体感を「作り出すことが」自分の使命だと感じている（*TL* 91）。ラムジー夫人は、食事会を通してこの「何も溶けあうことのない」状態を「統一感」と「安定感」を持った色鮮やかで豊かな状態へと変化させる。それによりこの晩餐会は、会席者たちの心に永遠に残り続ける」ことになるのだ。

こうした食事会の成功を支えるのが、そこに登場する豊かな食事である。ウルフは『灯台へ』を執筆後、「晩餐会は、私がこれまで書いた最も良いものである」（*L*: 373）と述べ、こうした食事をきわめて意識的に描いていたことを示している。食事においても、調和は重要なモチーフになっており、食事を共有することで会食者の心を結びつけている。例えば、異なる色や形のフルーツの組み合わせから作られた、色鮮やかで絵画的な豊穣なフルーツの盛り合わせは、詩人カーマイケルの「目を大いに楽しませ」、それを「一緒に見ている」カーマイケルとラムジー夫人を感情的に「結びつける」（*TL* 105–106）。

さらに豊かな食事として登場するのが、ラムジー夫人の食事会の目玉である「ブフ・アン・ドーブ（Boeuf en Daube）」である。

その時マルトがちょっともったいぶった身振りでふたを取ると、テーブルの大きな茶色の深鍋から、オリーブや油や肉汁のすばらしい香りが立ちのぼった。料理人が三日を費やした自信作の登場だ。慎重に取分けなければ、と夫人は温かい具の山にスプーンを入れながら思った。バンクスさんには特に柔らかい部分を食べていただけるように。深鍋をのぞき込むと、内側がきらきら光って、月桂樹の葉やワインの中に、よい香りのする褐色や黄色の肉の塊がたっぷりと煮込まれていた。これは二人をお祝いするのにちょうどいいわ。（*TL* 109; 一八八頁）

月桂樹とワインを入れて煮詰められ、料理人が三日間かけて作った肉料理「ブフ・アン・ドーブ」は、肉汁がしたたり、柔らかく、鍋のふたを取ると、あたりをおいしそうな香りで包み込む。フォースターは、この「ブフ・アン・ドーブ」について、それまでよそよそしかった会席者たちが「お互いの長所を発見し」、心を一つにし、またその食事の中で画家であるリリーが、「現実を心にとどめ」小説の最後で完成することとなる絵の構図のひらめきを得るという重要な役割を担っていることを指摘している（Forster, "Virginia Woolf" 246–247）。このように「料理人が三日を費やした」大作であるこのブフ・アン・ドーブは、食べる者に幸福感をもたらし、人々の心を結びつけ、ラムジー夫人の食卓の豊饒さの証として、晩餐会の成功を支える魅力的な食事となっている。

3　食べられる女たち

しかしながら私たち読者は、このブフ・アン・ドーブをフォースターのように手放しで「満足して」「味わう」ことはできない。ラムジー家の滞在中に、婚約を決めたミンタとポールの婚約を「祝うことになるだろう」このブフ・アン・ドーブは、奇妙なことに、その中に、結婚生活の残忍性を示す「死の種」を含んでいるからである（*TL* 109）。

ラムジー夫人の食事会は、非常に創造的で豊かな会であるようだが、ラムジー夫人は、家父長制度の守り手であることを思い出さなければならない。リリーは、ラムジー夫人について次のように考えている。

けれども夫人にはどこか怖いところがある。人に抵抗させないところがある。いつも最後には自分の考えを通してしまうんだわ、とリリーは考える。今夜だって、いろいろとやり遂げている――ポールとミンタはどうやら婚約したらしいし、社交嫌いのバンクスさんもここで食事をしている。まるで夫人には、いとも素朴にあっさりそう望むだけで、皆に呪文をかけてしまう力があるようだ。そしてリリーは夫人の豊饒さと自らの精神の貧弱さを比べながらも、おそらくその差はある種の信念がもたらすもの（夫人の顔は輝いていて、若々しくなくとも華やぎがあった）に違いないと思った。それは男女の愛という奇妙で恐るべきものへの信念で、今まさにその中心にいるポール・レイリーは興奮に震えながらも、心ここにあらずといった風情で押し黙っていた。リリーの感じでは、夫人の態度には、野菜の皮の話をしている時でさえ、その種の愛情を称揚し信奉している気配があった。そして夫人は、自らを暖めるとともにそれを保護するために、しばらくじっと両手をかざしているのだが、それが成就し実を結ぶと、どういうわけか急に笑い出し、犠牲となる者たちを速やかに祭壇に導こうとするのだった。やがてそれが、リリーの方にも忍び寄ってくる感じがした——あの激しい感情、おののくような愛が。

(*TL* 110; 一九〇頁)

リリーは、ラムジー夫人が、食事会を通して人々を「祭壇に」ささげるために、そこにいる人々に「魔法をかけ」、「生贄」にし、結婚させようとしていると考えている。のちにリリーは、その食事会を思い出し、彼女自身もブフ・アン・ドーブの放つ「ワインの匂い」が「彼女を酔わせ」、結婚するよう誘惑されたと感じている。

パトリシア・モーランは、この「肉とスパイスの混ざり合ったものであるブフ・アン・ドーブは、婚姻の結びつきと祝宴の対象物のイメージとなって」おり、ここで祝福されている婚姻を「比喩的なカニバリズム」(Moran 143) だと指摘している。リリーは「食卓の端でラムジー氏を魅了しているミンタを見て」、ミンタが「これらの牙にさらされている」ことに「身が縮む思いがし」、自らの身を「焦がす」ような「愛の熱気とその恐怖、残酷さと遠慮のなさ」を感じる (*TL* 111)。

このように『灯台へ』では、女性はしばしば比喩的に「食べられるもの」として男性に搾取される対象として描かれている。

リリーは、ラムジー夫人がバンクスとリリーの結婚をもくろんでいたことをラムジー夫人の死後に思い出し、「貪欲に」食いちぎろうとするラムジー夫人の牙から「間一髪で難を逃れた（She had only escaped by the skin of her teeth）」（*TL* 191）と考えている。父権制度の代弁者であるラムジー夫人は、このように男性的な貪欲さでもってリリーを結婚という祭壇へ捧げようとする。しかしながら同時に、夫人自身も女性的な力を食い荒らされることで男性たちの生贄になってしまう。

それまで息子を腕に抱きゆったりと座っていたラムジー夫人は、今や身を固く引き締めて、半ば振り返りながら無理に身体を起こすような仕草をしたかと思うと、突然大気中にあふれるほどの活力の雨、力強いしぶきの水柱を噴き上げるように見えた。その時彼女の全精力が溶け合って一つの大きな力となり、明るく燃え上がって光彩を放つかのようで、彼女自身の姿がこの上なく生気に満ちたものとなった（実際は夫人は腰を下ろしたまま、靴下を編んでいただけなのだが）。そしてこの甘やかな豊饒さ、生命の泉と水しぶきの只中に、男性の宿命的な不毛さが、勢いよく飛び込んでいく、空しくむき出しの真鍮のくちばしのように。彼は何より同情を必要としていた。わしは負け犬だ、と彼はつぶやく。（…）しかしこうして夫を包み込み守る力を誇っているうちに、夫人自身のものと呼べるものは、ほとんど何も手許に残らなくなった。すべては惜しみなく与えられ、使い果たされてしまったのだ。そして母の膝もとに身を固くして立つジェイムズにとって、あたかも夫人は、多くの葉をつけて踊る大枝をもったバラ色の花咲く果樹のように伸び上がり、そこへ父という自己中心的な男の真鍮のくちばし、干からびた三日月刀が、同情を求め突っ込みうちつけてくるような気がした。

(*TL* 42–43; 六七－七〇頁)

この場面では、食べることと性的なイメージとを重ね合わせて、ラムジー氏に食べられる犠牲者としてのラムジー夫人の姿が描かれている。ラムジー夫人の放出させる「活力」の「甘やかな豊饒さ」をラムジー氏の「真鍮のくちばしのような男性の宿命的な不毛さが貫く」。

ジェイムズは、「彼女の力全てが」「真鍮のくちばしによって飲まれ、冷やされ」、「同情を求めながら、男性の不毛な三日月刀が容赦なく何度も何度も襲う」のを「母の膝もとに身を固くして」見ている。「真鍮のくちばし」と「男性の不毛な三日月刀」は、すなわちペニスを示し、それでもってラムジー夫人を「飲み」、「貫く」ことは、性交を暗示している。そしてそれを見ているジェイムズが膝の間で「固まっている」ことは、勃起を想起させるのである。さらにこのことは、母親と交わりたいというジェイムズの母親に対する無意識の欲望を示していると考えられる。この場面でジェイムズのエディプス・コンプレックスは、絶頂に達している。そしてこのように母親の愛情を奪う父親に対して、「手近に斧か火かき棒があれば、あるいは父の胸に穴をこじ開け、その時その場で彼を殺せるようなどんな武器でもあれば、ジェイムズは迷わずそれを手に取っただろう」(*TL* 8)と、ジェイムズは殺意を感じるほどの強い憎しみを抱いている。

4　ラムジー氏のサンドウィッチ

ラムジー夫人の晩餐会を母親の愛情と結びついた母的な食事とするならば、それと対をなすのが、ラムジー夫人亡き後に、子供たちと灯台へ向かう船の中で、ラムジー氏が子供たちのために自から作るサンドウィッチの昼食という父的な食べ物である。そしてジェイムズのエディプス・コンプレックスの克服と、ジェイムズと父親との関係の変化は、この食の描写を通しても示されている。

十年後に再び灯台へ行く時に、ジェイムズは、父親に対して強い憎しみを抱いているが、こうしたジェイムズのエディプス・コンプレックスを克服するきっかけを与えるのが、灯台行きの船の中でラムジー氏が作る昼食のサンドウィッチである。

ラムジー氏は包みをあけて、皆にサンドウィッチを配った。海で漁師たちと一緒に、パンやチーズを分け合って食べるのが、とても嬉しそうだった。きっと父さんには、小さな海辺の小屋に住んで、嚙煙草を嚙みながら老人たちとよもやま話をするような、素朴な生活をしてみたい気持ちがあるのだろう。ジェイムズは、ペンナイフでチーズを切り分ける父の姿を見て、そう思った。

そう、これだわ、これでいいんだわ、とキャムは茹で卵の殻をむきながら感じていた。やっとこれで、書斎で老紳士たちが『タイムズ』紙を読んで、静かに話をしていた時のような安心感に浸れる。もう自分の好きなことを勝手気ままに考えても、崖から落ちたり溺れ死んだりする必要はない。だって父さんがそこにいて、見守ってくれているのだから。

(*TL* 221–222; 三九七―三九八頁)

ラムジー氏は、サンドウィッチを小包から取り出し、それを水夫や子供たちに分け与える。これまで見てきたようにラムジー氏は、共感を求めるばかりで、何も与えることがなかったが、このサンドウィッチを分け与えることを通して、子供たちへの愛情を示している。さらにラムジー氏は、船の操縦をうまく成し遂げたジェイムズに「よくやった」と愛情のこもった言葉をかける。これまで父親と敵対していたジェイムズは、父親に初めて褒められることで、敵対心を緩和させる。そしてこのことをきっかけに、ジェイムズは、自身のエディプス・コンプレックスを克服していく。

エリザベス・アビルが指摘するように、ジェイムズのそうした変化は、灯台を見る彼の見方の変化に顕著に表れている（Abel, *Virginia Woolf and the Fictions of Psychoanalysis* 49）。「銀色の霧に包まれた塔のようで、日暮れになると不意にやさしく黄色い目を開く神秘的な存在」として灯台を見、これまで母親とともに空想の世界を共有していたジェイムズは、「石灰で白く塗りかためた岩と鋭くまっすぐそびえたつ塔」として灯台を認識し、それが「白と黒の縞模様」がついており、「窓」があり、「岩の上に広げて干してある洗濯物」を観察する。このようにジェイムズは、父親と同じように事実を重視し、物事の本質をとらえるために、物事をありのままに見るようになる（*TL* 202）。そして父親と同じような認識をすることで次第に「満足し」、父親と「現実感」と事実に基づく「知識を共有する」（*TL* 220）。このことは、ジャック・ラカンが唱える幼児の精神的な成長過程と重なる。[1]

弟のジェイムズと共謀し、父親を無視していた娘のキャムもまた灯台行きをきっかけに父親との関係を変化させる。キャムは、ラムジー氏がジェイムズにサンドウィッチを与えたことを好ましく思い、父親の愛情を確信する。サンドウィッチのような簡素な食事は、ラムジー氏が独身時代に着の身着のまま一人で探検をする際に、自分で作っていたものであり、彼の男性性を体現した男の料理といえよう。

しかしキャムは、ラムジー氏が与えたサンドウィッチを食べることを拒否し、粉々にして海に捨てようとしているところをラムジー氏にとがめられる。キャムは、そのサンドウィッチの代わりに父親から「偉大なスペインの紳士」が「窓辺の貴婦人に花を差し出すように」渡された「しょうが入り菓子」を贈られ、それを受け入れる（*TL* 222)。

ここで注意したいのが、キャムが受け取る食べ物がラムジー氏が水夫や息子などの男性たちと共有する食べ物ではなく、貴婦人に渡す花の代わりとしての「しょうが入り菓子」であり、そこにジェンダー・コードが付けられていることである。

子供の頃、「意地悪な子」と呼ばれ、自由奔放なおてんば娘であったキャムは、今や以前の「挑戦的なエネルギーを追い払われ」家庭内天使のような因習的な淑女に収まってしまっている（Abel, "Cam the Wicked': Woolf's Portrait of the Artist as her Father's Daughter" 115）。キャムは、敵対し合う父親と弟の間で板挟みになり、「弟は神のように厳格この上ないし、父はどこまでも憐れみを求めてくる。一体どちらに従うのが正しいのか」（*TL* 183）と対立する父親と弟のどちらにつけばいいのか思案している。

結局、彼女は父親との和解の印として「しょうが入り菓子」を受け取り、それまで弟と共有していた父親への敵対心を捨て、ラムジー氏に屈することになる。このように彼女は、父権制の下で、父親にとって従順な娘、弟にとって従順な姉という役割を演じることを余儀なくされているのだ。

5 食卓の美学

リリーもまたラムジー夫人の生存時に、男性を立てることを強いられ、性役割にしばられていたが、ラムジー夫人の死後、それを克服する。彼女は、E・M・フォースターの『ハワーズ・エンド』(一九一〇)のマーガレットのように、亡き妻の後妻に収まることはない。さらに彼女は、「喰いつく獲物を必死で探すライオン」のように共感を求めるラムジー氏に、共感を抱くことを拒否し、父親の代理としての彼の前で従順な娘を演じることを放棄し、彼と対等な関係を持とうとする。このような態度は、第三部「灯台」の冒頭でリリーが一人で朝食をとり、自分だけのためにコーヒーを用意して飲むことにも表れている。

ドッドは、「何かを食べているところを実際に描かれているのを私たちが見かける登場人物は、男性の登場人物だけである。ホステスであるラムジー夫人は、柔らかい塊を客に与えるのを助けている一方で、彼女は決して食べるところを見られていない」と指摘する(Dodd 152)。この小説の男性の登場人物が「食べる人」である一方で、女性の登場人物たちは、給仕する者やホステス、さらには男性たちに搾取される対象である「食べられる人」として機能している。食欲は、しばしば性欲と結びつけて捉えられ、とりわけヴィクトリア朝の性規範では、女性は食欲を持たないように振る舞うことが求められた。しかしリリーは、ラムジー夫人のような、「食べさせる人」として男性たちに食事を与えるホステスや男性たちに搾取される「食べられる女性」ではなく、食欲すなわち欲望を持った女性となる。そうしたリリーは、男性的な世界と女性的な世界を共有する両性具有的な存在として描かれている。

リリーの両性具有的な芸術観は、ラムジー夫人とラムジー氏の両方の食卓の影響を受けている。彼女は、のちに完成させることになる絵のひらめきをラムジー夫人の晩餐会の中で得る。リリーは、このような「混沌から秩序を生み出す」ラムジー夫人の芸術的才能に触発される。ラムジー夫人の食事もまた色鮮やかで創造性に富んだものである。しかしそこで生じるヴィジョンは、束の間のものでしかない。

フルーツの盛り合わせがもたらす絵画的なヴィジョンは、それを見ていたラムジー夫人とカーマイケルを「結びつけ」る（*TL* 105–106）。しかしこの豊穣なフルーツの盛り合わせが生む色鮮やかで創造的な絵画的なヴィジョンは、「一本の手」が触れ、「梨が一つとられる」ことで崩れるような、もろくはかないものでしかない（*TL* 118）。リリーのヴィジョンの完成は、ラムジー夫人の死後に、ラムジー氏の灯台行きが達成されるまで待たなくてはならない。彼女が、そのヴィジョンを完成するためには、ラムジー氏が必要なのだ。

リリーは、絵を完成するのに必要なものとして、ラムジー夫人の食卓で展開されるような「奇跡」や「エクスタシー」と同時に、「それが椅子で、それが机だと単純に感じる」「日常的な経験」を挙げている（*TL* 218）。フェラーが指摘しているように、その机を彷彿させるのが、ラムジー氏の哲学の研究を象徴する誰もいない空間にある「食卓（kitchen table）」である。

たとえば「食卓の実在性」といったことについて、と彼女がつけ足したのは、ラムジー氏の仕事がよくわからないと言った彼女に、アンドリューが与えてくれたヒントを思い出したからだった。（…）食卓とは、どこか非現実的で厳格なもの、むき出しで堅く何の装飾もないもの、色どりもなく角ばっているばかりで、とにかく容赦ないまでに単純な存在だ。それでもラムジー氏はその単純な形をじっと見つめ続け、決して気をそらしもせず惑わされることもなかった。その結果彼の表情は、余分なものがそぎ落とされて禁欲的になり、いつの間にか深い印象をもたらす一切飾りのない美しさを帯びるに至ったのだ。（*TL* 169–170; 二九九頁）

先ほどのラムジー夫人の色鮮やかな食卓とは対照的に、ラムジー氏の食卓は、「色どりがなく」

「むき出し」で「装飾がなく」質素である。しかしながらこの食卓は、リリーに「大変興味深い」と思わせる本質そのものが持つ装飾のない美しさを持っている。

このようにリリーは、この二つの食卓の持つ、事実を事実として捉え、本質と徹底的に向き合うラムジー氏の男性的な見方と、空想や感性、創造性を重視するラムジー夫人の女性的な見方の両方を共有し、自身の絵を完成させることが出来る。アビルは、そうして出来たリリーの絵画を男性性と女性性の両方を合わせ持つ「両性具有的な絵画作品」(Abel, *Virginia Woolf and the Fictions of Psychoanalysis* 82)と呼んでいる。(2)

リリーが、両親と子供の肖像として、ラムジー夫妻とその子供の肖像を描くことは、リリーが自立した女性になるために不可欠である。さらにラムジー夫妻は、ウルフの両親をモデルにしていることはよく知られている。そして父親と母親の代理としてのラムジー夫妻とリリーの関係には、ウルフ自身と両親との関係を見ることができるだろう。ウルフは『灯台へ』を書いた後、それまで彼女を苦しめていた母親の面影に「とりつかれること」から解放され、『灯台へ』の執筆は、精神科医が患者に施す治療のような効果をもたらしたと「存在の瞬間」で述べている("MOB" 81)。リリーが、彼女と両親との関係をより対等なものにするために、彼女の両親の代理の肖像画を描いたように、ウルフにとってもそれまで彼女を苦しめていた父権的な両親への葛藤を解消するために、『灯台へ』で両親の肖像を描くことは必要な通過儀礼であったと考えられる。

このように『灯台へ』では、様々な夫婦・親子関係が絵画や文学的表象を通して描かれている。その描写は印象的な食事や食卓場面と関連づけて提示されることで、より重層的な意味が付与されており、ウルフは、ジェンダーと食との関係を食の政治学として提示している。

コラム（1）　ブルームズベリー・グループとフランス料理
——『灯台へ』のブフ・アン・ドーブ

「一九一〇年に人間性は変わった」（"CF" 38）というヴァージニア・ウルフの言葉は、非常に有名である。この年、イギリスでは、ロジャー・フライによって第一回ポスト印象派展が開催され、この絵画を見た人々は世の中の見方を大きく変えたという。この展覧会では、マネやゴッホ、セザンヌ、マティスといったフランスの絵画が展示されていた。

フランスからブルームズベリー・グループに輸入されてきたのは、フランス絵画だけではなかった。プルーストなどのフランス文学もまたロジャー・フライによって紹介され、グループのメンバーたちを刺激した。

さらに、フランスからの重要な輸入物の一つは、フランス料理であり、ブルームズベリー・グループの食生活をも変えた。フランスへの旅行を通して、洗練された南フランスの料理のおいしさに目覚めたメンバーたちは、家庭にフランス料理を持ち込もうとした。フランスでスケッチをするために、フランスのカシに家を借りたヴァネッサ・ベル、ダンカン・グランドのもとをウルフ夫妻や、クライブ・ベルは度々訪れ、そこで雇われていたフランス料理人の料理に舌鼓を打っていた（Rolls 222）。

家庭でフランス料理を食べるために、フランスから帰ったメンバーたちは、家の料理人にフランス料理のレシピ本を与え、フランス料理の学校に行かせ、時に自らフランス料理を作ることを楽しんだという（Rolls

図２　ブフ・アン・ドーブ（著者撮影）

14–18, 222)。このようにフランスからの刺激は、ブルームズベリー・グループの思想だけでなく、その嗜好をも変えたのだ。

こうしたフランス料理の一つとして小説に登場するのが、ウルフの『灯台へ』（一九二七）でのブフ・アン・ドーブである。こってりとしたこの肉料理は、ラムジー夫人の晩餐会の目玉であり、「料理人が三日を費やした自信作」である。月桂樹とともに煮込まれたこの牛肉料理は、どのような料理なのだろう。その謎をひも解くために、ウルフが『灯台へ』の自筆原稿に書いたこの料理の作り方を見てみよう。

水に肉の塊を入れ、月桂樹とシェリー酒を加え、よくかき混ぜながら、沸騰しないように注意して、二四時間かけてじっくり煮込むというものである（TL 241)。

ウルフのこのレシピは、少しおおざっぱなようなので、この料理を現代風にして紹介しているロールズの『ブルームズベリーの料理本――人生、愛、芸術のためのレシピ』のレシピを紹介しておく（Rolls 205-206)。

材料

牛の臀部肉　一・五キロ

牛の脇腹肉　一・五キロ

油身を取り除いたベーコン　六〇グラム

大匙一杯の塩で味付けした薄力粉　大匙三杯

あらびき胡椒　大匙四分の一

種を取り除いたニース風のオリーブの塩漬け　四分の三カップ

こくのある赤ワイン　五〇〇ミリリットル

コニャック　四五ミリリットル

バージンオイル　大匙二杯

ビーフ・ストック　二カップ

トマトペースト　大匙一杯

玉ねぎ　一個

ハーブ・ブーケで風味をつけた中くらいのサイズのトマト　三玉

塩コショウ

マリネの材料

ハーブ・ブーケ一セット

［パセリ　三茎

タイム　二茎

ローリエ　一枚

セロリ　一茎］

オレンジの皮二から三かけら（ただし表面のコーティングを取り除くこと）

あらびき胡椒　大匙二分の一

赤玉ねぎ二玉の薄切り

生クローブ三つを砕いたもの

ニンニク三片のみじん切り

人参三本の乱切り

生パセリのみじん切り　一〇グラム

生タイムのみじん切り　一〇グラム

生のナツメグを挽いたもの　大匙四分の一

オリーブオイル　三分の一カップ

（食べる三日前にすること）

①鉄製ではないボールの中にマリネ用のすべての具材を入れて、混ぜておく。

②牛の臀部肉と脇腹肉を三センチ角の大きさに切る。ベーコンを含むすべての肉をマリネ液につける。

③肉の上から分量のワインとコニャックをかけ、再び混ぜる。

④ボールにふたをし、冷蔵庫で二四時間冷やす。時々かき混ぜること。

（食べる前日）

⑤オーブンを一四〇度に予熱する。

⑥肉をマリネ液から取り出し、キッチンペーパーで水分をふき取る。

⑦臀部肉に味付けした薄力粉をまぶす。

⑧鋳鉄の大鍋（ルクルーゼが理想的であり、オーブン調理可能なもの）にオリーブオイルを入れ熱し、脇腹肉を焼き、ベーコンと牛肉を入れ、同様に焼き色をつける。

⑨肉を皿に移動させる。

⑩鍋の中にビーフ・ストック、トマトペーストを入れ、木製のスプーンを使って鍋底の肉汁をそぎ取る。

⑪マリネからオレンジの皮を取り除き、マリネ液に入れた古いハーブ・ブーケを新しいものに取り換える。

⑫マリネを鍋にそそぎ、新鮮なトマト、玉ねぎとオリーブを鍋に入れ、弱火で沸騰する直前まで温める。

⑬二〇分弱火でことこと煮る。

⑭火から鍋をはずした後、肉を鍋に戻し、アルミホイルでふたをする。
⑮鍋のふたをし、オーブンの真ん中に置いて、一時間半煮込む。
⑯時間になったら、オーブンから鍋を取り出し、冷ます。
⑰鍋の中のハーブ・ブーケと玉ねぎを取り除く。

（食べる日）

⑱鍋の中の表面の油を取り除く。
⑲鍋を火にかけ、弱火でゆっくりと温め、塩胡椒で味付けする。
⑳米と豆とともに、皿に盛り完成。＊

見た目は、豪華であるが、家庭料理の素朴さも感じるおもてなし料理だ。茶色い肉に対して、オリーブと人参との彩りがきれいである。それにしても、ブフ・アン・ドーブは、なんと手間のかかる料理だろう。これだけ手間をかけたのだから、食にうるさいバンクス氏も満足するはずである。

＊このレシピは、ロールズのレシピを筆者が図式化しまとめたものである。ポンド、オンスやパイントなどの重さの単位を日本式の計量法である、グラムやカップに変更した。また材料表を筆者が新たに加えた。ロールズは、ウルフの『灯台へ』のブフ・アン・ドーブだけでなく、『ダロウェイ夫人』（一九二五）のパーティーの料理や『自分だけの部屋』（一九二九）の二つの寮の食事などを再現したレシピを紹介している。

第3章 『オーランド』と『自分だけの部屋』にみる食とジェンダー

1　ものにより作られる性

『オーランド』（一九二八）は、一六世紀から二〇世紀までの歳月を生きるオーランドを主人公としている。このテクストの画期的な点は、四〇〇年の時の中で、オーランドの性が男性から女性へと変化するということだ。そのためこのテクストにおいて、ジェンダーの問題は重要である。オーランドが男性から女性へと性転換し、ジェンダー化する過程で重要な役割を果たすのが衣装や食べ物といった「もの」である。このことは、フェミニズムの「構築主義」におけるジェンダーの捉え方を具現化している。ジェンダーは、男女の生物学的性差（セックス）による差異に基づき規定されるという「本質主義」に対して、「構築主義」は、ジェンダーは、セックスとは異なるものであり、文化や社会によって構築されるという立場である（武田『〈新しい女〉の系譜――ジェンダーの言説と表象』二四四頁)。最初に『オーランド』を通して、ジェンダー化を促す、「もの」としての衣装や食事の働きについて考えていきたい。

ウルフが、ベネットやウェルズのような作家たちを「物質主義者」と批判し("MF" 7)、新しい人物表象の形を探るべく、「意識の流れ」を用い、人間の内的心理を描いていたことは周知のとおりである。その一方で、彼女は「心と体や脳は融合しており、別々の仕切りで仕切られていない」(*AROO* 23) と述べ、外的な要因の内面への影響を探っていた。例えば彼女は、『自分だけの部屋』(一九二九)で、「もし女性が小説を書こうとするならば、お金と自分だけの部屋を持たなくてはならない」と訴え、こうした外的な要因が内面にもたらす影響を辿っている(*AROO* 139)。その一つとして彼女が注目したのが、衣装や食事である。

2 衣装とジェンダー

ウルフは「男らしさ、女らしさをつかさどっているのは衣装だけである」(*O* 181) として、衣装が男らしさ、女らしさを生み出し、衣装によってジェンダー化されるのだという。男性から女性へと変身したオーランドは、最初、「男性のオーランドと女性のオーランドは、何の違いもなく」

図 3　男性の衣装を着たオーランド
（出典：Virginia Woolf, *Orlando*. 挿絵）

図 4　女性の衣装を着たオーランド
（出典：Virginia Woolf, *Orlando*. 挿絵）

（*O* 179）、その「アイデンティティは変わらない」と考えていた（*O* 133）。オーランドが、性転換をした際、性別があいまいなジプシーの衣装を身に着けており、性差というものをほとんど意識していなかった。しかし実際には、男性から女性になったことで、何も変化しないわけではないことに気づく。

　トルコからイギリスに戻るため、貴婦人用のドレスを購入し、スカートを着、女性らしい衣装に身を包んだオーランドは、次第に、「頭脳に関しては、女性らしく、少し慎ましくなり、性格に関しては、女性らしく、うぬぼれやすくなり」、「感受性のある部分は高まり、他の部分は弱まった」と感じる（*O* 179）。これは全てオーランドが身に着けている女性らしい衣装による影響である。「衣装は、私たちを暖めるだけではない重要な役割を持って」おり、「私たちが衣装を身に着けているのではなく、衣装が私たちを身に着けている」という（*O* 179）。そして「私たちは、衣装を腕や胸のかたちに作り上げるが、衣装は、私たちの心、頭脳、舌を自分たちの好きなように作り上げる」（*O* 180）。このように衣装は、外見だけでなく、身に着けているうちに内面をも変化させ、着ている者に知らず知らずに衣装に見合った性役割を演じさせてしまうのだ。

3　抑えられた食い意地

衣装により「女らしさ」を身に着けたオーランドのさらなるジェンダー化を促すのが、食事である。衣装と同様に、「食事」にも女らしさという記号が付与されているのだ。男性であった頃、オーランドは、ニック・グリーンと共に、鹿肉や鴨料理などの豪華な食事を思う存分堪能していたが（*O* 83）、女性になったオーランドに対して船長が切り分けることを申し出たのは、コンビーフの「少しの脂身」や肉の「指の爪くらいの最も小さい一切れ」に過ぎない。彼女は、船長の求めるように自身の食欲を抑え、女性らしく振る舞うことで、男性に「身をゆだねる」という「全ての中で最も美味なもの」を得る（*O* 149）。男性であることと女性であることの両方を経験したオーランドは、「男性と女性のどちらでいる方」が「エクスタシーを感じる」のかと考え、「抵抗した」後、「譲歩して船長がほほ笑むのを見るのは最高の楽しみ」だと感じ、「追いかけ」られ、相手をじらし、「逃げる」側の喜びを実感しながら、船長との駆け引きを楽しみ、女性であることの喜びに浸る（*O* 149）。

ウルフが『ダロウェイ夫人』（一九二五）や『灯台へ』（一九二七）を通して、パーティーや晩餐会でホステスを務める女性たちの誇りと苦悩を描いたことはよく知られている。注意すべきことは、ドッドが指摘するように、ラムジー夫人やクラリッサ・ダロウェイのような女性たちが、ホステスとして客人たちをもてなし、「他人の栄養的、感情的な要求を満たすために、他者に」食べ物を「準備し与える」一方で、「彼女たち自身が食べ物を食べるところを決して見られることがなく」、食欲を持たないかのように描かれているということである（Dodd 152）。「ヴィクトリア朝文化では、食欲を否定することで、女性らしさを示すように教えられていた」ため、家庭内天使を理想とするヴィクトリア朝の性的規範では、女性は食欲がないかのように振る舞うことが求められていたのである（Angelella 174）。この点は、ヴィクトリア朝の影響の残る二〇世紀初めのホステス像においても同様である。

オーランドは、女性であることの「特権」と同時にその「ペナルティー」に気づく（*O* 147）。それは食事に付与されているジェンダー役割による縛りである。彼女は、男性たちが様々な職業に就き、社会的な役割を与えられているのに対して、女性が出来ることは、「お茶を注ぎ、客人に対して、お気に召しましたかと尋ね」たり、「お砂糖はいりますか、クリームはいりますか」と気を配ることだけだと考え、女性の「意見がいかに低く受け取られているのか」を知り、愕然とする（*O* 151–152）。このように一八、一九世紀において女性の社会進出は難しく、家事や育児を使用人にさせていた、上・中流階級の女性たちに与えられた数少ない仕事は、ホステスとして客人をもてなすことだった。

オーランドもまた著名な文豪たちを屋敷に招き、お茶会を開き、ホステス役を務めるのだが、「男たちが共有するちょっとした秘密」を察知した彼女は、お茶会に対して確固たる嫌悪を抱き始める（*O* 204）。

男同士のちょっとした秘密というものがあって、チェスターフィールド卿は、極秘と念をおして息子に「女というのは柄の大きい子供なのだ（…）分別のある男は女を適当にあしらい、あやし、おだててやればよろしい」とささやいた、ところが、子供というものは聞いちゃいけないことを聞いてしまうものだし、あまつさえいづれ大人にだってなるのだから、この秘密とてすでにもれているのかもしれない、とすれば、このお茶会のおもてなしという儀式自体、どうもおかしなものになってくる。才子が女性に詩を送ってきて、彼女の批判眼を褒め批判を請う、お茶の時間にやってくる、といったって、その女性の意見を尊重し、理解力をかっているからではないし、剣がだめならペンで刺し貫くくらい平気なことを、女の方はよく知っています。と、できるだけ小声でささやいたのだけど、もう聞こえてしまっているでしょう、だから、客間の女主人はクリーム入れを持って、角砂糖挟みをさしだしたまま、ちょっとためらい、ちらっと窓の外を眺め、小さなあくびをして、角砂糖をぽちゃんと落っことす――ポープ氏のお茶の中にオーランドは角砂糖を落としてしまった。

（*O* 204–205；一八六―一八七頁）

お茶会に招かれた男性たちは、密かに「女性は大きくなった子供に過ぎない」と考え、女性たちを馬鹿にしている。そしてホステスとして男性たちをもてなす際、「才人が、彼女に詩を送り、彼女の判断力を賞賛し、彼女の批判を求め、彼女のお茶を飲むのは」、彼らが「彼女の意見を尊重しているわけでも、彼女の理解力を賞賛しているわけでもない」のだということをオーランドは痛感する。そして女性が何か意見を言えば、瞬時に「体にペンが走り」、その意見は男性たちによって書き替えられてしまう。

このように女性たちは、ホステスとして男性たちをもてなしている間、自身の食欲だけでなく、自分の意見を持つことさえも妨げられてしまう。家庭内天使を理想とし、自分の欲望を抑え、他者のために仕えるというこのホステスの精神は、当然のことながらオーランドの詩作にも影響を与えないではいない。

オーランドはまさにペンをインキに浸して、万物の永遠性についての思索を一文ものしようとしたところだったから、インキが沁みてペン先にじくじく拡がって字が書けないのにいたく困惑した、鷲ペンがどこかおかしいんだ、と思う、先が割れているか、汚れているかだ。もう一度インキに浸す。しみはもっと拡がる。続きを書こうとする、言葉が出てこない。（…）だが「不可能だ」と言ったとたんに、驚いたことには、ペンが考えられぬほど滑らかにすらすらと曲線螺旋を描き出したのだ。水茎の跡も美しい斜字体のイタリア式書体で、これまで読んだこともないような気の抜けた詩句で紙が埋まってゆくではないか。（*O* 227; 二〇六頁）

時代精神が女性に求める性規範と家庭内天使的な女性像に縛られるあまり、オーランドの羽ペンは弱々しいものになり、彼女は、「彼女が生涯で読んだ中で、最もおもしろみのない」感傷的な詩しか書くことが出来ない。

ウルフは「女性にとっての職業」で、この家庭内天使像がいかに当時の女性作家たちを苦しめていたかについて語っている。この中では、男性作家が書いた本を書評しようとしている女性の苦悩が描かれている。公平な意見を書くことは、男性たちの誇りを傷つけ、次の仕事の機会を失うことになりかねない。反対に、相手をたて同情的に優しく接し、自分の考えを持たないように振る舞うことは、批評の質を低下させ、批評家としてのレベルを落とすことになる。その葛藤は、家庭内天使との戦いとして表れている。そしてもしこの天使を「殺さなければ」、「彼女は、私が書くものの心臓をむしり取り」作家としての自分が殺されてしまうのだと彼女は考える（"PW" 141–142）。このようにウルフは、「家庭内天使を殺すことは、女性作家の仕事の一つである」と家庭内天使像からの女性たちの解放を訴えている（"PW" 141）。

4　「食い意地」を持つこと

家庭内天使的な女性像とは対照的に、『自分だけの部屋』の語り手は、食欲を持つことを否定するという当時の女性の性規範の枠にはまらない食べる女であり、「あたかも重要ではないかのように」「食べている物についてほとんど言及していない」小説家たちの態度を批判し、その「しきたりを無視して」、彼女が口にした食事の内容について赤裸々に語っている（*AROO* 12–13）。この語り手は、テクストの中で三回食事をするのだが、その度に食と権力との関係を痛感する。注目すべきは、語り手がレストランで、一人で食事をする場面である。

勘定は五シリング九ペンスになった。給仕に十シリング紙幣を渡すと、彼は私に渡すお釣りを取りに行った。私の財布には十シリング紙幣がもう一枚ある。私がそれに目をとめたのは、その事実――私の財布が十シリング紙幣を自動的に生み出す力があるという事実――が、今なお私をはっとさせるからだ。財布を開くと、そこには十シリング紙幣があるのだから。私の名前が叔母と同じであるという理由だけで、社会は、叔母が遺してくれた何枚かの紙と引き換えに、鶏肉やコーヒーや寝る部屋を私に提供してくれるのだ。(*AROO* 47; 五五頁)

食欲を公衆の前にさらすことになるので、ウルフが生きた時代に一人で外食する女性は、「新しい女」だけであったらしい(Angelella 181)。当時、女性が一人で外食をすることは、かなり進歩的な行いであった。レストランで、一人で食事をし終えた語り手は、会計の際、「十シリングを自動的に生み出す財布の力」を痛感する。このように食事には、経済力という「財布の力」が宿っているのだ。

食事と経済的な豊かさとの関係は、『自分だけの部屋』の男子学寮と女子学寮の食事の対比において顕著である。男子学寮の食事会では、真っ白なクリームがふんわりかかり、「小鹿の脇腹の斑点」のような茶色の斑点のつけられた舌平目に、おいしいソースと意匠の施された山うずら、「薔薇のつぼみ」のような芽キャベツに「貨幣のように薄いがそれほど固くない」じゃがいもや焼肉、砂糖が美しくたっぷりかかったプディングが出され、最後に「ワイングラスが黄色と真紅に輝く」(*AROO* 13)。この食事をとった後、語り手は、天にも昇るような幸福感に包まれ、崇高な芸術はこのような精神によってもたらされるのだと思う。

男子学寮で出された見た目も色鮮やかで豊かで豪華な食事とは反対に、女子学寮の食事は、「創造力をかきたてるものが何もない」ほど貧相だ。透き通る以外に何のとりえもない粗末なスープに、じゃがいもと黄ばんだ青野菜が添えられた量の多さだけは十分な肉料理、干しプラムは筋張っていて固く、ビスケットはパサパサしていて、飲み込むためには水で流し込むしかない(*AROO* 21–22)。このような粗末な食事では、会話は弾まず、食事を済ませると会席者たちは足早に去ってしまう。そしてこうしたまずい食事が生み出すのは、「うつろで弱々しい精神状態」であり、「よい夕食は、よい語り合いにとって非常に重要だ」「もしよい食事を食べなければ、人はよく考えることも、よく愛することも、よく眠ることもできない」と語り手は訴える(*AROO* 23)。

この二つの食事の対比を通して、ウルフは、男女の経済的な格差と、食事が精神活動に与える影響を提示している。『自分だけの部屋』では、本が「考えるための食べ物」と、「知識や冒険、芸術」は「奇妙な食べ物」と呼ばれているように、こうした食事の貧しさは、女性たちにとっての精神的な糧の貧しさをも暗示しているのだ。

こうした食事と精神活動の関わりは、『オーランド』にも見られる。精神活動の中でも、ウルフは、とりわけ書くことと食べることとの間の密接な関係の重要性に言及する。『オーランド』に登場する作家たちは、食べることに精通している。シェイクスピアは、旺盛な食欲を暗示するかのように肥っており、詩人のニコラス・グリーンは「三〇〇種類の異なるやり方でサラダを作ることが出来」、「チーズをイタリア製の暖炉であぶる」という斬新な調理法をオーランドの前で披露する（*O* 88）。さらにアディソンやドライデンやポープは、コーヒーハウスでコーヒーを飲みながら、議論を戦わせ（*O* 160）、彼らは、社交界でひっぱりだこであり、貴婦人たちにお茶に招かれ、彼女たちが入れてくれるお茶を好んでいる。

こうした書くことと食べることとの結びつきは、オーランド自身が執筆する際にも見られる。男性から女性になったオーランドは、ジプシーの群れに加わった際に、ジプシーたちの言葉では「美しい」という言葉がないのでその代わりに「食べることはなんて素敵なんでしょう（How good to eat!）」（*O* 137）という言葉を代用する。そして執筆のためのインクを木の実やワインから作る（*O* 140）。この時、彼女にとって、美しい景色は、「考えるための食べ物」であった（*O* 135）。このように「考えるための食べ物」を作家が摂取し、消化することによって、文学作品が生み出されるのである。

四〇〇年の時を生き抜いて詩人となる女性を主人公にした『オーランド』は、ほぼ同時期に書かれた『自分だけの部屋』と同様に女性が作家となることをテーマとしている。こうした精神と身体にとって食べ物が果たす機能を考えると、女性が食欲を抑えたホステスから、食べる女性になることは、ものを書く上で重要であるように思われる。アンジェレラが指摘するように、「食べることは欲望を持ち」、「主体として自己を主張する」ことである（Angelella 174）。欲望を持つことで、客体ではなく、主体となるということは、書く行為にとっても不可欠である。なぜなら創作意欲は、とりわけ強い欲望であるからだ。それまで女性たちは、書かれる客体として「あらゆる詩人の全ての作品の中でベーコンのように燃やされ」（*AROO* 55）、男性たちの欲望を満たす提供物としてささげられていた。しかし書かれる客体から書く主体になることは、欲望される対象から欲望する主体になり、他者の欲望に仕えるために、食べ物を提供するホステスから食べる女性になることでもある。

「もし女性が小説を書こうとするならば、お金と自分だけの部屋を持たなくてはならない」というウルフの言葉は有名だが、このお金は、「熟考する力を表し」、「鍵のかかった部屋は、自分のために考える力を表している」（*AROO* 139）。それと同時に彼女たちは、栄養が行き渡った心と体でもって創作に臨むために、おいしい食べ物と豊かな「考えるための食べ物」を摂取する必要があるのだ。

女性に求められる性規範に応じ、食欲を抑え、ホステスの役に甘んじていたオーランドであったが、歳月を経て次第に「大変お腹がすいた」と感じるほどの食欲を取り戻す（*O* 263）。そしてまた再び創作意欲と詩作の才を回復させる。同時に、彼女は、ホステスの役割から自身を解放し、衣装を着替えるかのようにジェンダーを着替え、スカートから綾織地のズボンと革製のジャケットに変え、オーランドは古い友人の文豪たちの待つ食堂に向かうのである。

それから、大股に食堂に入ってゆくと、そこでは旧友ドライデン、ポープ、スウィフト、アディソンの肖像画が、初めは澄ましかえって、ふん、文学賞受賞者のおいでだ！という目つきだったのだが、賞金二〇〇ギニーの件だったな、と思い直し、賛意を表してうなずいた。二〇〇ギニーですぞ、と言っているようだった。二〇〇ギニーは馬鹿にできませんな。オーランドは自分でパンのハムを一切れずつ切って無造作に重ねて食べ始め、部屋を大股に行ったり来たりするうちに、たちまち無意識のうちに客人たちのことを忘れてしまった。五回、六回と行ったり来たりしてから、スペインの赤ワインを一杯飲みほし、もう一杯注いでグラスを手にしたまま、長い廊下と十余りの客間を通り抜けてぐるりと館めぐりを開始すると、エルクハウンドやスパニエルもお供してついてきた。（*O* 301; 二七八－二七九頁）

出版した詩で賞を受賞し、二〇〇ギニーの賞金を得ることで社会的な地位と名声を得たオーランドは、ホステスとして客人をもてなす「接待の習慣を放棄」し、自分のために食事を用意し、ワインを飲む。このようにオーランドが他人の食欲を満たすために、食べ物を提供するホステスから食べる女性になったことは、誰にも屈することなく、自立した精神で創作に臨むことを可能にしている。そしてオーランドは、「もの」により付与されたジェンダーの記号性を逆手に取るかのように、衣装をスカートからズボンへとその時々で、好きなように変え、両方の性を偽装し、横断するのだ。[1]

「作家と時代精神との間の取引は、細心の注意を必要とするものであり、両者の間でどういった取決めがなされるかで、作品の成功は決まる」（*O* 254）。しかしオーランドは、時代精神の厳しい検問を通過し、もはや「時代と戦うことも、それに屈することもなく」（*O* 252–254）、時代の求める家庭内天使的な理想像に縛られずに、性別の拘束なしに、自由に詩を書くことが出来るのだ。この時、「男性の力強さと女性の優美さ」（*O* 133）を合わせ持ったオーランドは、ウルフが理想的な作家の精神としている「両性具有の精神」（*AROO* 128）を体現した理想の作家の姿として提示されている。[2]

こうした物質的なものと精神的なものの相互関係の探求は、フォースターの『ハワーズ・エンド』（一九一〇）やロレンスの『チャタレイ夫人の恋人』（一九二八）でも試みられ、モダニズム作家に共通の主題となっている。ウルフは、「現代小説」で、外的な事実を重視し、「精神ではなく、身体に関心を抱いている」ベネットのようなリアリズムの作家を「物質主義者」（"MF"7）だと非難する一方で、身体を軽視し、内的な心理に重きを置くジョイスのようなモダニズムの作家を「精神主義的」だと批判し、よい小説は、「知的な活動と身体の素晴らしさ」（"MF"10–12）を融合したものだと述べている。『オーランド』と『自分だけの部屋』を通して、このように精神と身体に対する食べ物の影響を探ることで、ウルフは、心と体や脳がいかに融合したものであり、相互に影響し合っているのかを示し、衣装、食事などの「もの」により促されるジェンダー化の過程とそのジェンダーの力学を明るみにしているのだ。

コラム（2）　衣装と身体

ウルフは『オーランド』（一九二八）で、衣装とジェンダーの関わりを提示しているが、衣装による実験は様々なテクストに見られる。それは衣装と身体をめぐる実験であるといえよう。

ウルフは、衣装が精神に与える影響について「新しいドレス」という短編においても示しており、その草稿で「衣装の理論」（McNichol 7）を示すのがこの短編小説のテーマであるとしている。また日記で、『ダロウェイ夫人』を通し、「パーティーの意識」と同様に、「フロックドレスが与える意識（the frock consciousness）」を描き出し、パーティーのドレスのような特別な衣装を身に着けた際の人間の心理を探求したいと述べている（D 3: 12–13）。別の日記で「私の衣装への愛情は私を心から面白くさせる」と述べ、衣装への熱狂を語っている。このようにウルフが衣装に強い関心を抱いたのは、ウルフの生きた二〇世紀初めは、女性の衣装が劇的に変化した時代だったからである。

ヴィクトリア朝時代に流行していたコルセットやクリノリンは、女性たちの体を極端に締め付け、女性たちの動きを縛っていた。しかし一九〇六年ポール・ポワレがフランスでコルセットに頼らないドレスを発表したことが大きな転換期となる。

「西欧の女性服は、ルネサンス以降のわずかな例外期間を除いて数百年にわたってウエストを締め上げるコ

図5　ギャルソンヌ・ルックの女性たち（出典：青木英夫『西洋くらしの文化史』p.194）

ルセットによって支えられてきたが、ポワレは服の視点を肩に移してコルセットを廃した」のだ（京都服飾財団　三三三頁）。さらに第一次世界大戦を機に、女性たちの社会進出が進む中、女性の動きやすさを追求したシャネルのスーツをはじめとして、動きやすさや機能性が女性たちの衣装にも求められるようになる。

ヴィクトリア朝では、女性たちが脚を見せることは許されず、女性の下腹部はクリノリンの下にすっぽりと隠されていた。しかし二〇世紀になると女性の脚や体のラインをあらわにした衣装が着られるようになる。例えばウルフの「新しいドレス」でパーティーの客のローズショーは、「白鳥の綿毛の襞飾りのついたぴったりとした緑色のドレス」といった当時の流行のファッションに身を包んでいる。

さらに一九二〇年代、「高等教育を受け、職業を持ち、自由に恋愛をする」新しい女たちの間では、ギャルソンヌ・ルックもしくはフラッパー・スタイルと呼ばれるスタイルが流行し、それまでのゆったりした髪をショート・ヘアにし、「裾をひいていたドレス」を膝丈の長さのものへ変えたスタイルが好まれるようになった（京都服飾財団 三三四頁）。さらに第一次世界大戦後、「風俗やファッションの流行のライフサイクル」（京都服飾財団 三三三頁）も短くなり、流行のファッションを追求することに女性たちは熱中していた。このように衣装は時代を通しての女性たちのセクシュアリティへの認識の変化を反映しているのだ。

こうした二〇世紀初めの衣装の変化は、その時代のイギリスを舞台にした『ダウントン・アビー』シリーズでも見ることができ、貴族や使用人たちの間のこの時代の衣装の目まぐるしい変化が提示されている。例えばシーズン5で、クローリー家の長女、メアリー（ミシェル・ドッカリー）は、髪を流行のボブスタイルに、フラッパー・スタイルのドレスを着て、男性たちを翻弄する宿命の女のように男性たちを魅了している。

ウルフは「小説における登場人物」で、「一九一〇年人間性が変わった」と述べており、その一つの例として女性たちの衣装に対する意識の変化を挙げている。その中では、雇い主の女性に帽子についての意見を求める使用人の姿が登場し、階級を超えて女性たちがファッションのとりこになっている様子が示されている。このことは二〇世紀初めの衣装をめぐる劇的な変化と衣装が人々の心理にいかに影響を与えていたのかを示唆している。そして二〇世紀初めは、衣装そのものや衣装に対する認識が劇的に変化した時代であったのだ。

Ⅲ　モダニズムの台所

第4章 ウルフと使用人の肖像

1 料理人と使用人制度

台所の風景は、時代とともに変化していくものである。モダニズムの時代、その風景は現在とは大きく異なっていた。雇い主たちの暮らす階上に対し、台所は、使用人たちの領域である階下にあり、台所は、料理人たちの縄張りだった。

ウルフの生きた時代、上流階級と中流階級の上層部の家庭には、使用人がおり、料理は料理人によってなされた。しかし二〇世紀になり、第一次世界大戦前後から使用人をめぐる環境は変化する。それが「使用人問題」の勃発である。この使用人問題は、台所の風景をも変えていった。

ウルフ家の台所を覗いてみよう。そこで見えてくるのは、ウルフと料理人ネリーとの壮絶な戦いである。本章では、台所に大きな変化をもたらしたこの「使用人問題」をウルフのテクストの使用人の表象とそのアダプテーション（翻案小説と翻案映画）における関係からひも解いていきたい。

2　ウルフ家の台所闘争

ウルフにとって最も影響力のあった使用人は、おそらく一八年もの間、ウルフ家の住み込みの料理人を務めたネリー・ボックスオールだろう。一九一六年から一九三四年までの一八年のうちの一〇年間、ネリーはウルフ家の唯一の使用人であり、料理だけでなく、掃除や洗濯などのさまざまな家事仕事をこなす「クック・ジェネラル」と呼ばれる料理人として勤めた（Light 170）。ネリーは、ウルフに仕事を止めると脅し、そして実際、話が進むとウルフをなだめそれを取り消し、一方、ウルフもネリーに解雇宣告をしてはそれを取り下げ、二人はいたちごっこを繰り返していたのだ。

マイケル・カニンガムの『めぐりあう時間たち』（一九九八）は、異なる場所と時代を生きる三人の女性たちを主人公にし、その一人として『ダロウェイ夫人』（一九二五）執筆時のヴァージニア・ウルフを設定しており、ウルフの使用人であったネリー・ボックスオールもまた登場人物の一人である。カニンガムは、ウルフとネリーの間の緊張に満ちた関係の中で、ネリーの扱いに手を焼き、屈辱感を抱いたウルフが、使用人との軋轢に苦しみながら『ダロウェイ夫人』の構想をめぐらせ、執筆に励む様子を描いている――「クラリッサ・ダロウェイは、召使いを相手にする巧みな技の持ち主にしよう。親切心と支配力が分かちがたく結びついた態度の持ち主。召使いたちは彼女を愛する。彼女が望む以上のことをすすんでやるのだ」(Cunningham 87)。カニンガムは、ウルフと彼女の使用人の間にあった緊張を描き、その緊張が『ダロウェイ夫人』執筆にいかに影響を与えていたのかを示唆しているのだ。

カニンガムは、『めぐりあう時間たち』でこの「ネリー問題」を取り上げ、ネリーとウルフの緊張感に満ち殺伐とした様子を描いている。

キッチンでは、ネリーがパイ生地をのばしているところ。ネリーは演技などしない。つねにネリー自身。いつも大きく、赤ら顔で、帝王然として怒っている。まるで自分は栄光と礼儀とが尊重された時代に人生を過ごしてきたのだが、その時代はこちらが部屋に入る一〇分ほど前に永遠に終わってしまったかのように。(…)なるほど、ヴァージニアは考える、彼女はわたしの喉を切り裂きたいのだ。まさしくそう、無造作の一撃で。まるでわたしを殺すことなど、彼女の眠りを妨げる退屈な家事がひとつ増えただけといった様子で。そんな風にネリーは人を殺すのだ、完全にそして正確に。料理をするのと同じ調子。手順はずっと昔に覚えていてすっかり自家薬籠中のものとしたレシピに従っているので、あれこれ頭を使うことなど一切ない。いまこの瞬間、彼女はヴァージニアの喉をカブさながらに喜んでかき切ることだろう。ヴァージニアが果たすべき義務を怠ったというのに、彼女、大人の女性であるネリー・ボックスオールが梨を出そうとして罰せられているのだから。召使の扱いはどうしてこんなにも難しいのだろう。ヴァージニアの母は見事にやってのけた。ヴァネッサは見事にやっている。ネリーに妥協せずにやさしく接することがどうしてこんなにも難しいのか。

(Cunningham 84–87; 一〇六―一〇九頁)

ウルフは、姉のヴァネッサや母ジュリアのように「使用人から尊敬と愛情を得」、使用人をうまく扱うことが出来ない自分自身を歯がゆく思っている。ネリーとウルフの間の力関係は絶えず逆転し、時としてウルフに支配的に振る舞うネリーは彼女にとって「のどを切り裂き」自分を殺しかねない「殺人鬼」のように恐ろしい存在として呈示されている。

3　家庭の中の不協和音――使用人問題

ウルフ家を困らせていたこの「ネリー問題」は、「使用人問題」として同時代の多くの家庭で共通する悩みの種となっていた。(1) 封建的なヴィクトリア朝では、階級制度に基づく厳格な主従関係が雇い主と使用人の間で成立していた。しかし、「人間関係の全ては変わった。主人と使用人の間の関係、夫と妻、両親と子供といった関係は変化した」とウルフが述べているように（"CF" 38）、二〇世紀になりその家父長制度はほころび始め、雇い主と使用人の関係もより対等なものになっていくのだ。

さらに、第一次世界大戦中、男性たちが戦争に行った結果、従来男性のものとみなされていた多くの職業に女性たちが就くことができるようになり、それらに比べてより劣ったものだとみなされた使用人の仕事に就くことを敬遠する女性が多くなる。その結果、使用人が不足し、使用人の市場は高騰し、要求が多くなった使用人たちは雇い主に従順ではなくなった。フォースターの『ハワーズ・エンド』（一九一〇）でも、家事使用人を雇うために職業斡旋所に行ったマーガレットは、家に階段が多すぎるという理由で、本職の女中たちに全て断られ、信頼のおけない「臨時雇い」で満足しなければならず、よい使用人を得ることに苦労している（*HE* 53–54）。このように使用人

図6　ウルフの使用人たち　左から　ロッティー、ネリー（出典：Alison Light, *Mrs Woolf & the Servants.* p.188）

との関係に苦しむ雇い主が増え、とりわけ第一次世界大戦と第二次世界大戦の戦間期には、「使用人問題」は社会問題となっていたのだ。(2)

　伝記的に見ても、ウルフが『ダロウェイ夫人』を執筆していたこの時期はウルフ家で使用人問題が最も深刻な時期だった。それまでネリーと共にウルフ家に勤め、ネリーと親しくしていたロッティーが一九二四年にウルフ家を追い出され、ネリーはウルフ家の唯一の使用人として残ることになったのだ。親しい友人とも離ればなれになり、ウルフ家の家事を全て一人でしなくてはならなくなることへのネリーの不満は日増しに高まり、『ダロウェイ夫人』執筆時、ウルフと使用人たちの間の緊張関係は非常に緊迫していた。

　『めぐりあう時間たち』の翻案映画《アダプテーション》（スティーヴン・ダルドリー監督、二〇〇二）では、カニンガムの小説よりもロッティーが多く登場し、ロッティーがウルフ家から解雇される一年前の一九二三年のウルフと使用人たちとの緊迫した関係とウルフ家の使用人問題を浮き彫りにしている。とりわけウルフと使用人との緊張関係は、小説と翻案映画のどちらにおいても台所での使用人とウルフとの戦いをクローズアップすることで示されている。自分が優位であることを認めさせようとするネリーへの対抗策として、ウルフは訪問予定のヴァネッサと子供たちのために、中国茶と一緒にお茶に出す砂糖漬けの生姜《しょうが》をわざわざロンドンまで買いに行くよう命じる。小説の中で描写されたウルフの喉を切り裂く殺人鬼を思わすネリーの殺気立った威圧感は、翻案映画では、ネリー（リンダ・バセット）が昼食用のラムパイ用の肉の塊をたたき切る様子に表れている。そしてウルフ（ニコール・キッドマン）とネリーとの諍いの様子を見ているロッティー（リンジー・マーシャル）が卵を機械的に繰り返し割る音は、使用人たちのウルフへのいらだちを示している。翻案映画の中では、この卵を割る音はクラリッサ・ボーン（メリル・ストリープ）がかつての恋敵ルイス（ジェフ・ダニエルズ）の突然の訪問に動揺する様子を示すためにも使用され、花束などと同様に、反復のモチーフの一つとなっているのだ。

翻案映画で、ロンドンに生姜を買いに行くように命じたウルフは、「ロンドンへ行けるほどわくわくすることなんて思いつかないわ」とネリーに嫌味を言うが、この言葉には、ロンドンに対するウルフの複雑な思いが込められている。精神の病の治療として安静療法を受け、リッチモンドで療養していたウルフは、リッチモンドでの退屈な暮らしに嫌気がさしていた。カニンガムの小説と映画では、こうしたロンドンへのウルフの強い渇望が、ウルフに、ロンドンを舞台にした『ダロウェイ夫人』を執筆させたと捉えているのだ。実際に、原テクストと翻案映画の両方で、ウルフは、リッチモンドからの逃亡を企て、ロンドン行きの列車に乗り込もうとしていた。翻案映画では、原テクストにはない駅での場面で、ウルフを探しに来たレナード（スティーヴン・デュレン）に対して、ウルフは、「この町で死にかけている」「リッチモンドの暮らしと死を選ぶなら、死を選ぶ」と活気と刺激に満ちたロンドンに戻ることを訴えるのだ。

ウルフの身を案じるレナードや使用人たちの視線は、監視の目となり、ウルフの行動を束縛している。ウルフを映すショットの後に、それを見る使用人やレナードのショットを挟み込むことで、翻案映画はその監視を映像化しているのだ。使用人の視線におびえるウルフに対し、ヴァネッサ（ミランダ・リチャードソン）は、ウルフに「あなたはまだ使用人を怖がっているの」と当惑しており、このことはウルフがいかに使用人に脅威を感じていたかを示しているといえるだろう。

このように翻案映画では、一九二三年のウルフと使用人たちの緊迫状況を強調して映し出し、その状況がいかにウルフの『ダロウェイ夫人』の執筆に影響を与えているのかを辿ろうとしている。使用人問題が激化する中の『ダロウェイ夫人』執筆時の使用人とのこうした緊張関係を考えると、『ダロウェイ夫人』のテクストにおいて使用人の表象に注目することは重要であると思われる。

4　階級意識と階級闘争

『ダロウェイ夫人』の使用人の表象を探る上で重要な点として、階級の問題がある。この問題は、カニンガムの『めぐりあう時間たち』でも見ることが出来る。『めぐりあう時間たち』は、異なる場所と時代を生きる三人の女性たちの一日が複雑に絡み合い、一つの物語を形成している。その中のテーマの一つとなっているのが、女性たちの同性愛関係である。こうした関係の延長として見ることが出来るのが、クィア理論を説く講師メアリ・クルルとクラリッサの娘ジュリアとの関係だ。クラリッサは同じ同性愛者同士でありながら貧富による階級格差のためにクルルに対して嫌悪感を抱いている。(3)家庭の中に異なる階級の者が入り込んでくる違和感と嫌悪は、もともとクルルのモデルとなっている『ダロウェイ夫人』のエリザベスの家庭教師ドリス・キルマンとクラリッサの関係に表れていたものだった。

同じ部屋に五分もいれば、必ず感じさせずにはいられない、むこうがすぐれた人間で、こちらが下らぬ人間だと、むこうが貧しくて、こちらが金持ちだと。クッションもベッドも膝掛もなにもないスラム街の生活を送ってきたために、その恨みが心にわだかまったまま、魂が錆びついてしまったのだ。戦争中には学校の教師をクビになった。気の毒にも心に傷をおった不幸な人間！　でもわたしが憎んでいるのはあの女そのものではなく、わたしの心の中にあるあの女のイメージなのだ。ミス・キルマンではないたくさんのものが寄り集まっているイメージ。それは夢のなかで格闘しなければならない亡霊となり、馬乗りになって生き血を半分も吸いとる悪魔となる。支配者や暴君の姿であらわれることもある。だからサイコロをふり直して、今度は違う目が出れば、ミス・キルマンのことが好きになることだってあるかもしれない！　だけどこの世ではありえない。絶対に。（*MD* 10; 二二頁）

「貧しさ」という強烈な匂いを放つキルマンは、支配階級の政治家の妻としてクラリッサが非常に恵まれていて、裕福で怠惰な生活を送っていることを強く意識させ、彼女に罪悪感と「劣等感」を抱かせる。さらに娘の愛情を奪うキルマンは、クラリッサの激しい嫉妬と「憎しみ」を駆り立て、「生き血の半分も吸い取る」「残忍な怪物」のイメージとなって彼女の心の中に現れる嫌悪の対象なのだ（*MD* 10）。それと同時に、クラリッサはキルマンを愛する可能性を示唆し、憎しみと愛情が紙一重であることをほのめかせており、パトリシア・ジュリアナ・スミスは、クラリッサのキルマンへのアンビヴァレントな感情をある種のレズビアン・パニックとして捉えている（Smith 59–60）。こうした同性愛への嫌悪は、階級意識と結びつくことでより激しい憎しみへと変化しているのだ。

クラリッサのキルマンへの激しい嫌悪は、支配階級に属するクラリッサの下層階級への嫌悪であり、彼女の階級意識の表れでもあるといえるだろう。とりわけ、クラリッサがキルマンに嫌悪を抱いているのは、キルマンのような家庭教師の立場の階級的な不安定さによるものでもあるように思われる。家庭教師は、他の使用人とは異なる存在だったが、中流階級の下層部出身の者も多くおり、雇い主に階級的にも立場的にも近い存在でありながら、完全な淑女とはみなされず、使用人側から見ても雇い主側にも属さない中途半端な立場にいた。家庭教師と雇い主の間の階級的な境界線の曖昧さにより、時として家庭教師は階級意識を刺激し、脅威や嫌悪の対象になり得たのだ。[4] こうした階級的に不安定なキルマンの存在によって引き起こされる不安が、より強い憎しみにクラリッサを駆り立てていると考えられる。

こうしたキルマンの描写は、当時の支配階級と労働者の間で深刻化していた階級闘争の影響を受けているといえる。キャサリン・シンプソンは、ウルフのテクストにおける使用人と労働者階級の登場人物の描写には、安定した中産階級の生活が脅かされるという不安や恐怖が投影されていると指摘している(Simpson 111)。また、遠藤は、一九二〇年代にチャーティスト運動が過激化し、階級闘争が深刻化する中で生じた下層階級に対する支配階級の恐怖や不安が、『ダロウェイ夫人』の中に表れていると述べている。『ダロウェイ夫人』は、一九二三年を舞台にし、一九二五年に出版された。小説の設定の翌年の一九二四年は、イギリスで初めて労働党内閣が誕生した年であり、イギリスで階級闘争が深刻な時期だった。

支配階級の統治を揺るがす下層階級の迫りくる恐怖は、ウルフ自身も使用人を通して感じていたものだった。一九二九年五月、労働党政府が選挙で圧倒的な勝利をおさめ、再び政権を握る。それを受けて、ネリーは「私たちが勝利した」とウルフに熱を込めてその興奮を伝えるが、それを聞いたウルフは、「労働党が勝利することを望んでいる」ことに関してネリーが自分を同一視していたことを知って衝撃を受け、ネリーやロッティーのような「労働者に支配される」ことへの嫌悪を示している（*D3*: 230）。この選挙は一九二八年に二一歳以上の全ての男女に選挙権が与えられた後の選挙であり、その選挙で労働党が勝利したことは新しい社会の訪れを示す画期的な出来事だった。

キルマンは、支配階級の生活の幸福全てを崩壊させてしまうという不安をクラリッサに与える。さらにキルマンの描写に見られるような異なる階級の者が家庭の中に侵入することへの違和感と不安は、使用人に対するウルフの次の言葉にも表れている。(5)

私はみじめにもネリー問題、あの永遠の問題について心の中で討論している。私とレナードが使用人について話すことで、いかに多くの時間を無駄にしているのか。馬鹿げたことだ。

そのシステムに欠陥があるので、そのことは決してうまくいかない。どうしたら教養のない女が、たった一人、私たちの生活の中に入り込めようか。起こったことといえば、彼女は雑種犬のようになり、どこにも結びつきを持たないということである。（*D3*: 220）

ウルフは、ネリーのような「教養のない」下層階級の人間が「生活の中に入り込む」ことで生じる生活音を嫌悪し、階級が異なるものが家庭に侵入することへの違和感を、家に迷い込んだ「雑種犬（mongrel）」に喩えている。さらにこの中でウルフは、階級制度や使用人制度の「システム」そのものを批判し、「そのシステムに欠陥がある」ことを訴えている。ウルフは別の日記でも「家庭のシステムが間違っている」「一方は、怠け、一方は働き、居間で彼女たちの人生を搾取するために、二人の若い女性を台所に拘束するシステム」が間違っているのだと、厳格な階級制度により成立している使用人制度に疑問を投げかけている（*D1*: 314）。

使用人制度をこのように批判する一方で、ウルフは使用人に依存しなくては生活することが出来なかった。アリソン・ライトは、「ネリー・ボックスオールがヴァージニア・ウルフの唯一の住み込みの使用人であった時は、ヴァージニアの最も多産な時で」あり、ウルフの主要な作品『ダロウェイ夫人』、『灯台へ』（一九二七）、『波』（一九三一）や『オーランド』（一九二八）、『フラッシュ』（一九三三）、『自分だけの部屋』（一九二九）は全てこの時期に書かれていたことを指摘し、ウルフが創作活動に集中するためにいかにネリーが不可欠な存在であったか示唆している（Light 216）。このようにウルフは、使用人たちに対して依存しながら解放を願うというアンビヴァレントな姿勢を示していたのだ。

5　女主人と使用人

階級闘争によって煽られる不安を払拭するかのように、ダロウェイ家のクラリッサと多くの使用人との関係は信頼と愛情によって結ばれた理想的な関係として描かれており、「完璧な女主人」と呼ばれるクラリッサの女主人としての手腕を確固としたものにしている。こうした従順な使用人像は、『ダロウェイ夫人』の翻案映画（マルレーン・ゴリス監督、一九九七）と原テクストを並べて読む時、より明らかになるように思われる。翻案映画では、冒頭からダロウェイ夫人の使用人ルーシーが登場し、小説の中で使用人がいかに重要な存在であるかを示唆している。さらに映画は、クラリッサの過去、現在を描く際、彼女の生活の中に使用人を多く登場させ、支配階級にとっていかに使用人たちが不可欠な存在であったかを強調しているように見える。

小説でも、クラリッサの「お花はわたしが買ってくるわ」というルーシーへの呼びかけと「ルーシーはたくさん仕事をかかえているのだから」（*MD* 3）という彼女の意識の描写で物語が始まっており、このことはこの小説で使用人と女主人の関係性がクラリッサをめぐる様々な人間関係を描く際にいかに重要な役割を担っているかを示している。クラリッサにとって女主人であることは彼女のアイデンティティの一つであり、その役割を支えているのが使用人たちなのだ。

ルーシーをはじめダロウェイ家の多くの使用人は、クラリッサに従順であり、彼女と信頼の絆で結ばれている。例えばダロウェイ家の使用人ルーシーは、どのような紳士淑女の中でも「うちの奥様が一番愛らしい」（*MD* 32）とクラリッサの使用人であることに誇りを感じている。

「あらまあ！」とクラリッサは言った。ルーシーもその言葉を発したクラリッサの意図を察して、失望（ただし傷心とまではいかない）を共有した。そして彼女とのあいだに心が通いあうのを感じ、その胸中をおしはかり、上流階級の愛情のありようを思い、みずからの未来もまたそのような静かな愛情に彩られることを夢想した。そしてミセス・ダロウェイのパラソルをうけとり、あたかもそれが、戦場で立派に義務を果たした女神が手渡した刀剣であるかのように、恭しく傘立てにもどした。（*MD* 25; 四五頁）

クラリッサと女中のルーシーの間には、「心の通いあい」すなわち「協定（concord）」（*MD* 25）が成立し、ルーシーは、クラリッサの感情に寄り添い、彼女に献身的に尽くしている。クラリッサは「わたしがこうありたいと思う通りの、親切で寛容な女主人でいられるのは、あなたたちの協力のお陰だ。召使いたちはわたしに好意を持っている」と心の中で「感謝をくりかえし」（MD 33）、自身が理想的な女主人でいられることは、使用人たちの信頼と愛情があってこそだと感じている。こうした使用人像は、他の使用人たちと同様にクラリッサと異なる階級の出身者として登場するキルマンの描写と比較した時、非常に対照的である(6)。

このように、使用人文化の過渡期に書かれたウルフの描く使用人の肖像は、階級闘争の延長線上で生じた「使用人問題」を始めとした社会の変化を映し出し、ウルフが保守的な価値観と新しい価値観の間でいかに揺れ動いていたのかを示しているといえるだろう。

6 使用人の肖像

カニンガムと同じようにウルフの描く使用人の存在に触発され、創作意欲をかき立てられた作家にマーガレット・フォースターがいる。フォースターは、『侍女』（一九九〇）で、エリザベス・ブラウニングの愛犬フラッシュを主人公にしたウルフの『フラッシュ』を書き直す際、エリザベスの侍女リリー・ウィルソンを主人公にし、新しい小説へと生まれ変わらせた。使用人に対する恐怖や不安が投影された『ダロウェイ夫人』とは対照的に、『フラッシュ』では使用人に対するある種の欲望を孕んだウルフの使用人への関心が見られる。

とりわけエリザベス・ブラウニングの侍女ウィルソンは、ウルフ自身強い関心を持っていた人物であり、そのことは、ウルフがウィルソンについて『フラッシュ』で、四ページにもわたる長い「注」を残していることからも明らかである。さらにその「注」で「リリー・ウィルソンの生涯は、ひどくぼんやりとしか分かっていないので、伝記作家の助力を大いに必要としている」(*F* 109) と、後世の作家たちにこの謎多き使用人の人生を解明するよう委ねている。

使用人の人生を解明することは、ウルフ自身が密かに望んでいたことでもあった。ウルフは、小説の題材として自身の使用人を描くことについて次のように述べている。

もしこの日記を読んでいるとして、それがもし手に入る本だとしたら、私はきっとネリーの肖像をこの手に収め、物語を作りたいという欲望に駆り立てられるはずだと思う。おそらくその周りで展開していく全体の物語を作ることになり、そのことはおそらく私を楽しませてくれるだろう。[ネリーの] 人物像、彼女を追い払う私たちの努力、私たちの和解。(*D3*: 274)

ウルフは、日記の中で使用人ネリーの「人物像」に強く惹きつけられ「ネリーの肖像」を描き出すことで「物語を作りたい」と使用人の人生を解明することへの欲望に駆り立てられている。このようにウルフは、使用人に対し、欲望と嫌悪というアンビヴァレントな感情を抱いていたのだ。

ウルフは実際にネリーの物語を書くことはなかったが、使用人の肖像を物語の中で描きたいという密やかな願望の痕跡は、スティーヴン家の料理人であったソフィーをモデルとした料理人を描いた「料理人」（一九三一）という未完の短編に見ることができる。使用人の肖像を描くというこのウルフの願望を自身の願望へと転移させたのが、マーガレット・フォースターである。『侍女』は、使用人であるウィルソンの「伝記」として読むことも可能であり、エリザベス・ブラウニングの伝記を書いた伝記作家でもあったフォースターは、ウルフが『フラッシュ』の「注」の中で述べたウィルソンの肖像を描く後継者としてふさわしい人物であるといえるだろう。

『侍女』は、『フラッシュ』と同様に、詩人エリザベス・ブラウニングの伝記としての側面も持っている。『フラッシュ』では犬の、そして『侍女』では使用人の視点から、エリザベスの姿が描き出されているが、視点人物として設定された両者の類似は注目に値する。『オーロラ・リー』（一八五七）の著者であるエリザベスが父親の厳しい監視から逃れ、詩人ロバート・ブラウニングと大恋愛の末、イタリアに駆け落ちしたことはよく知られている。二人の駆け落ちに同行したのは、フラッシュとウィルソンのみだった。両者は、エリザベスと秘密を共有し、運命をささげ、家族や友人から離れ、エリザベスのために、イタリアへ同行する。さらに詩人エリザベス・ブラウニングについての詳細な事柄を描くためにも、家庭という私的な流域でのあらゆる秘密に熟知した人物を視点人物として設定する必要があった。その点でもペットと使用人は、その視点として適切な存在であったといえるだろう。

パメラ・コウフィーは、犬と使用人の類似性について指摘し、『フラッシュ』でも、フラッシュとウィルソンの境遇が度々重ね合わせて描かれていることを明らかにしている。例えば、フラッシュとウィルソンは共にエリザベスのために愛情の証として譲られた贈り物であり、両者は交換可能な所有物である点で共通している（Caughie 37）。さらに両者の人生は、所有者の判断にゆだねられている。例えば、フラッシュが誘拐された時、父親のバレット氏やエリザベスの兄弟、そしてロバート・ブラウニングは、フラッシュを助けるために身代金を払うことは「暴虐無人な行為に身を屈する」ことになり、「ゆすりをはたらく者に屈し」「正義に対して悪の力を、罪汚れのない者に対し邪悪な者の力を強め」「恐ろしい罪」になることだと反対していた（*F* 60）。しかしエリザベスは、こうした男性たちに反抗し、フラッシュを助けるために、スラム街ホワイトチャペルにウィルソンと共に乗り込み、フラッシュを救出する。

このことは、ペットが飼い主の判断でその生死さえ左右されるような弱い立場にあることを示している。こうした点は、使用人にも共通しており、ウルフは、エリザベスの駆け落ちを手助けしたウィルソンがもしイタリアに同行しなかったならば、「おそらくは年俸一六ポンドを倹約して貯めたほんの数シリングを持って」「日の暮れる前に通りへほうり出され」「もしそうなったら、彼女の運命はどうなっていたろうか」と「召使いの生活の極度の不安定さ」(*F* 111)について言及し、使用人たちが雇い主によって人生を左右され、当時いかに使用人たちが弱い立場にあったのかを示唆している。

『フラッシュ』と『侍女』は、エリザベス・ブラウニングの人生を描く一方で、ペットと使用人を主人公にし、エリザベスの所有物としての影の存在だけではない犬の人生、侍女の人生にも光を当てている。さらに『フラッシュ』と『侍女』は、犬と使用人の伝記としての側面を持っている。『侍女』は、三部構成になっており、それぞれの部に年代記が付けられ、時系列に沿って物語が進められ、使用人の架空の伝記として読むことも可能である。一方、ウルフは、『フラッシュ』を著名な伝記作家であるリットン・ストレイチィーの「パロディ」であるとし、その副題を「伝記」としている(*L5*: 161–162)。

男性中心の従来の伝記とは異なる形の伝記を描こうとするウルフの試みは、『フラッシュ』と同様に「伝記」と副題のついた『オーランド』や、『自分だけの部屋』の中のシェイクスピアの架空の妹の物語をはじめ、ウルフの多くのテクストで試みられてきた主題である。これは、著名な文学者であり、『英国人名事典』(一八八五)を編纂し、数々の歴史書や伝記を書いたウルフの父レズリー・スティーヴンへの対抗心の表れだといえるかもしれない。とりわけ歴史の中に名前を残すことのない「無名なもの」の人生を描くことは、政治家の妻を主人公にした『ダロウェイ夫人』、学者の妻を主人公にした『灯台へ』などのように、多くのウルフの小説の主題となっている。そうした小説の中では、妻という夫の所有物として影の存在と見られる傾向のある女性たちの思考がいかに豊かなものであるかが描き出されている。

こうした無名性は、犬や使用人たちにも共通している。ウルフは、『フラッシュ』の「注」でウィルソンについて「歴史の中で詮索ができない、ほとんど黙っている、ほとんど目に見えない女中たちの偉大なる大群の代表だった」(*F* 109–113) と述べ、使用人の無名性やその存在の「透明性」について言及している。[7] ウルフは『三ギニー』(一九三八)の「注」でもウィルソンについて言及し、「女中の人生が『英国人名事典』の中で全く見つけられないことは」「非常に残念だ」と述べており、使用人の人生が歴史の中に埋もれていることを嘆いている (*TG* 390)。さらに、「フラッシュと同じくらい滅多に口をきかないので、「ウィルソンの」性格の輪郭は、ほとんど分からない」(*F* 110) と述べ、犬と侍女の「無名性」を指摘し、多くの謎を含んだ両者の人生が興味を惹きつける題材となりうることを示唆しているのだ。

7　塗り替えられていく「使用人の肖像」

「リリー・ウィルソンの生涯は、ひどくぼんやりとしか分かっていないので、伝記作家の助力を大いに必要としている」（*F*109）というウルフの呼びかけに答えたのは、現代の作家であるマーガレット・フォースターである。フォースターは、『侍女』においてウィルソンに自らの思考を伝える声を与えるために、ウィルソンの意識の描写に加え、ウィルソンの手紙を利用している。ウィルソンは手紙で、自身の仕事ぶりやエリザベスとの関係、さらには恋愛や友情などの私生活を明らかにしている。小説の後半において、ウィルソンは使用人としても雇い主に対して沈黙した存在であることをやめ、友情の名のもと束縛し巧みな言葉でウィルソンの主張を封じ込めようとするエリザベスやブラウニングに、声に出して正当な賃金と待遇を求めるのだ。このようにして、フォースターは「沈黙し」「目に見えない」存在である使用人に声を与えるのだ。

『侍女』においては、ウィルソンのアイデンティティの問題が探求されている。ウィルソンの自我は、侍女であることによって規定され、侍女の役割に捉われている。ウィルソンは、かつての信頼と愛情を失い、ブラウニング夫妻に疎まれるようになってさえも、自身の子供を妹に預けイギリスに残したまま、イタリアのエリザベスに同行するほど、侍女という役割に固執してしまう。

侍女を解雇された後でも、ウィルソンは、侍女に戻ることをあきらめることが出来ない。ウィルソンは、エリザベスの侍女としての役割から解放された後の自身の人生の価値について疑問を持つようになるのだ。そしてエリザベスの死後、ようやく侍女ではない自分自身を受け入れるのだ。小説は、エリザベスの亡き後、侍女としてではない自身の人生を歩もうとするウィルソンの決意で終わっている。

侍女としての私の日々は終わった。実際は終わっていたのに、それを認めたくなかったのだが、奥様の死とともに終わった。これからは、自分のために生きることができる。残された人生を悔いや怒りで台無しにしたくない。枷《かせ》は外れた。束縛のもとで、ああやれ、こうやれと言われたことは、これからの生活とは一切関係がない。私はもう侍女ではないのだから。

（*Margaret Forster* 534; 四六四頁）

「侍女としての私の日々は」、エリザベスの死と共に終わり、「これからは、自分のために生きることができる」と、ウィルソンはこれからの人生を自分自身のために生きようと決意を新たにするのだ。

侍女をやめた後のウィルソンの新たな人生について、フォースターは「あとがき」の中で「この小説の続編としていつの日か新たな物語の主題になるであろう」（*Margaret Forster* 536）と自身の小説に続く翻案小説の可能性を示唆している。ウルフによって描かれた使用人像は、のちの作家たちによって塗り替えられ、切り口を変えた新しいテクストとなって生まれ変わった。そして、そのようにして生み出されたテクストもまた、さらなるテクストを生み出すことになるだろう。

このように使用人に対するウルフのアンビヴァレントな感情が生み出した使用人の肖像は、のちの作家たちの創作意欲をも掻き立てている。そしてその肖像を生み出した原動力の背後には、「使用人問題」の波紋で起きた、ウルフ家の台所での彼女と料理人との激しい闘争があったのだ。

第5章 ウルフの台所

1 ウルフは料理好き

ウルフが料理好きであったと聞くと意外に思うかもしれない。たしかにフェミニストとして知られるウルフと台所で料理をするという家庭的なイメージは合わない。しかし、ウルフは、「私の人生で唯一の情熱は料理をすることだ」「くだらない本を書くよりも料理する方がずっといい」（*LIV*: 93）と料理への情熱を語り、料理を作ることを楽しんだ。

ウルフが料理を始めたのは、集中力を使う執筆活動の息抜きとして精神を安定させる効果を期待して夫レナードが勧めたのがきっかけだった（Rolls 97）。ウルフは、料理学校に二度通い、料理の基礎を学んだ。ウルフは、特にパンを焼くのが上手で、その腕前についてはウルフ家の料理人であったルイス・メイヤーも認め、ウルフ自らパンの作り方を伝授したことが伝えられている[1]

(Rolls 286–287)。

このように料理に熱中したのは、ウルフだけではなかった。ウルフと同じブルームズベリー・グループのヘレン・アンリップやデイヴィッド・ガーネット、ドーラ・キャリントンやフランシス・パトリッジも料理を楽しみ、「ブルームズベリー・グループのメンバーで、特に女性たちにとって、料理は気分転換のための娯楽であった」(Rolls 18)。しかしウルフの生きた二〇世紀初めのイギリスでは、家事は使用人たちが行うもので、中流階級の上層部でボヘミアンか貧しい家庭ではない限り、女性が家事を行うのは非常にまれであった(Light 233)。

モダニズムの時代において、ボヘミアンやブルームズベリー・グループのメンバーのような「新しい女」や「新しい男」が料理に情熱をそそいだのは、どのような意味を持っていたのだろうか。ウルフにとって、料理をすることとは、彼女の理想とする「自立」と「自由」を求める行動であった。

さらにこの時代の料理愛好現象は、二〇世紀のイギリスの家庭の家事労働をめぐる大きな変化を映し出している。本章では、ウルフ家の台所を覗くことで、イギリスの家庭での家事労働をめぐる変化と、ウルフ自身の自立心を求めた台所闘争を見ていきたい。

2　家事使用人と有閑淑女

ウルフたちの生きた二〇世紀初めのイギリスと現代では、家庭での家事をめぐる環境に、大きな違いがある。それは、家事使用人の存在である。使用人文化の黄金期にあった一九世紀ヴィクトリア朝のイギリスにおいて、中流階級、上流階級には、住み込みの家事使用人がいた。とりわけ上流階級や中流階級上層部の裕福な家庭では、掃除や洗濯はメイドが、料理は料理人が、育児は乳母や家庭教師が行い、有閑階級の女性たちにとって、家事は、女性の仕事とはみなされていなかった。

例えばジェイン・オースティンの『高慢と偏見』（一八一三）で、隣人の娘のシャーロット・ルーカスが料理などの家事を手伝っているのに対して、ベネット夫人が「我が家には、腕の良い料理人がいるので、娘たちは台所仕事をしないのです」（Austen 64）と自慢しているように、家事をしないということは使用人を雇うゆとりがあることを意味し、彼女たちの「体面（respectability）」を保つステータスの表れであった。

有閑階級では、男性が仕事をしないことが美徳とされ、女性たちもまた仕事につくことはめったになかった。家事役割さえも使用人に委託された有閑淑女たちにとっての家庭での仕事は、使用人への指示やホステスとしてパーティーを盛り上げることなど、かなり限られたものであった。したがって家事や育児を完璧にこなす専業主婦の幻想が浸透したのは、こうした使用人文化が衰退した後ということになるのだ。

その転換期となるのが、前の章（第4章）で述べた、第一次世界大戦後、社会問題となっていく「使用人問題」の勃発である。そうした中で、衰退していく使用人制度にしがみつくのか、それともそこから脱却し、新しい道を歩むのかという選択が迫られていたのだ。(2)

ウルフ家の使用人問題は、序章や第4章で述べたように、ウルフ家に一八年もの間住み込みの料理人を務めたネリーによる、「ネリー問題」として夫婦の悩みの種になった。そしてネリーをお払い箱にするためにウルフが持った武器こそが料理だったのだ。

3　自由を求める闘争としての料理

ウルフの使用人からの「自由を求める闘争」は、入念に計画された実験であるといえよう。そのために準備したのは、使用人の手を借りず、簡単に料理をすることのできるような調理機材を揃えることによる台所の近代化である。

大きな転機となったのは、一九二九年にそれまであった「頑丈な燃料レンジ」に代わり、ウルフ家に「石油コンロ」がやって来たことだった。ウルフは、料理学校に行った経験はあったが、料理は使用人に任せ、台所に立つことはまれであった。しかしこの「石油コンロ」がウルフ家に導入されたことで、ウルフは、料理を本格的に始めることとなる。

しかし私を面白がらせるものは、もちろん石油コンロである。私たちは、昨晩、ワージングから戻ってきてそれを発見した。今この瞬間、石油コンロは、完全に私が望むように、匂いなしに、無駄なしに、混乱なしに、ガラス皿の中の私の夕飯を調理している。ハンドルを回せばいい。温度計がついている。それで私は自分自身がより自由で、より自立しているのが分かる。そして人生のすべては、自由を求めての闘争だ。つまり、肉の一切れを袋に入れて持ち、ここに降りてきて、私自身の力で生きられるのだ。

(*D3*: 257)

自分で食べるものを料理することで、「自分自身の力で」生活することができ、他人に依存せずに、「より自由でより独立している」と彼女は感じている。ネリーから解放され、自由を得るために、使用人に頼らず生活していく準備とその武器として、ウルフは、料理の腕を本格的に磨いていく。そして「石油コンロ」がやって来た同じ年、ウルフはついにネリーを追い出すことに成功する。

それは療養中のネリーに代わり、雇われたアニー・トムステットというウルフの理想とする使用人を得たからだ。

ウルフ家の住み込みの使用人だったネリーと異なり、アニーはウルフ家に通う使用人だった。そのことは、ウルフ家での生活を大きく変えることとなる。

その夏は、私たちがこれまで過ごした中で、最もすばらしく、快適な夏だった。ブーツの中で、足がむくんでいる姿を思い描いてみてほしい。足をそこから出す。それがかわいそうな、いとしのネリーがいない、そして快活なアニーがいる、それが私の状態なの。(…)私の夕飯は、調理中よ。私には座れる部屋がたくさんある。どれを選べばいいか分からないわ。そして新しい椅子。どこでも快適。そして美しさの始まり。しかしこうして広がっていく全てのことの基礎、そして基盤こそが使用人からの自由なの。お昼の後で、私たちは朝食まで二人だけになった。朝食。私は、階下を歩いている時、二度とない、二度とないと言っている。費用がいくらかかろうとも、私は決して再び、その罠に頭を突っ込んだりしない。

私は恐怖や締め付けなしに、歩き、読書をし、書いている。私はパンを作る。きのこを調理する。私は台所を出たり、入ったりしている。私には読書以外にも楽しみがあるのだ。

(*D3*: 311)

ウルフが「お昼の後で、私たちは朝食まで二人だけ」であったと述べているように、ウルフは住み込みの使用人がいなくなったことで、初めて使用人が全く家にいないという、完全に夫婦二人だけの時間を持つことができるようになったのである。

とりわけウルフの生活を大きく変えたのは、食事の時間である。ウルフは料理をすることで、時間に縛られることなく、「事前に料理しておけば」好きな時間に好きな場所で食事をとれるようになり、その新しい食事の方法の「だらしなさと解放感に魅了されている」(*D3*: 316)。そして時には「台所を出たり、入ったりし」料理をしながら小説の構想を練ったり、読書や執筆をした。食事時間を決められず、各々好きな時間に好きな場所で食事ができるということは、一緒に食事をとる人をもてなすというホステスの役割から彼女を解放することも可能にした。さらに使用人の邪魔がないので、家の中での行動範囲が広くなり、「恐怖や締め付けなしに」好きな場所で読書や執筆に励むことが出来た。

このようにウルフは、アニーのお陰で、家に使用人が全くいない時間を持つことが出来、「使用人から解放されることの自由」を楽しんでいる。そしてこの生活の中で「主に沈黙と下層階級がいないことが非常に素晴らしい」(*D3*: 305)と、使用人がたてる生活音が聞こえず、使用人に邪魔されないことを喜んだ。このようにウルフに「自由」と「解放感」を与え、使用人にできるだけ依存しないことで、彼女の独立心を満たすアニーとの関係は、ウルフにとって理想的な使用人との関係であったといえよう。自ら料理をすることで、使用人に依存しないことがもたらす彼女自身が感じた解放感と自由は、『ダロウェイ夫人』で、クラリッサが忙しい使用人に代わり、自ら花を買いに行くことで感じたものにも通じるかもしれない。このようにウルフは、対等な関係を維持できるアニーによってもたらされる自立心を満たす「理想的な生活」を満喫していたのだ。

しかしこの幸福な時代は、長くは続かず、アニーはウルフのもとを去ってしまう。その後、他の使用人を雇うがうまくいかず、ウルフは再び、ネリーを呼び戻すことになる。しかし「オイル・ランプ」や「電気」、「電気白熱ヒーター」、「冷蔵庫」という「ウルフ家の独立」を助ける設備が整ったことで、ネリーは不要になり、一九三四年ついにウルフはネリーをくびにし、ようやくこの使用人から解放されることになるのだ（Light 207–211）。

二〇世紀になり使用人文化が衰退した原因の一つは、家庭での家事労働の機械化である。

電気と水回りの設備の普及は、モダンな台所の古くからの石炭や薪を燃やすストーブが、掃除機や簡単に扱えるガスや電気調理機に、全速力で取って代わられた。一九二〇年代後半と一九三〇年代までに、電気で動く冷蔵庫、缶切り、飛び出し式のトースターが現れ始め、食品の保存がより信頼できるようになり、食事の準備がかなり簡単になった。（Rolls 18）

ガスや電気の普及による、台所設備の近代化と機械の発明により、それまでその仕事をするために必要だった使用人が不要になり、機械が使用人に取って代わっていった。ウルフも時代の流れに乗り、家庭での家事の機械化を果たすことで、それまで使用人に割り当てていた家事仕事を機械で代用することに成功した。

しかし使用人からの自立というウルフの理想は、矛盾を抱えていた。それは彼女の理想とする生活が使用人の存在なしでは成立しえないからだ。ウルフが料理に創造性を感じ、料理をすることを楽しんでいた一方で、彼女が料理以外の家事をすることはまれであった。皿洗いをしたウルフは、その経験を「私はお昼ごはんを食べた後、ずっと洗い物をしている――もしそれが彼女たちの生活の十分の九だったら、いかにして使用人たちは、正気と禁酒を保っていられるのだろうか。油でギトギトのハム。神のみぞ知ることである」と述べ、家事仕事の負担を実感し、家事労働をこなす、使用人たちの重要性を痛感している（*L5*: 328）。

さらにウルフは、料理をすることはあったが、完全に使用人に頼らず、いつも自分で料理をしたわけではなかった。ウルフが描く家庭内の自立と自由もまた、通いの使用人の助けなしではなり得ないのだ。アニーがウルフ家を離れた後も、ウルフは、様々な使用人たちの助けを借りながら、生活を送っている。家事を代行する使用人たちがいなければ、ウルフは執筆に集中することはできなかったに違いない。料理をすることは、自立を訴えながら、使用人に依存せざるをえないという葛藤がもたらしたウルフの密かな反抗といえるだろう(3)。

料理以外の家事を嫌ったのは、ウルフのように料理を楽しんだブルームズベリー・グループの他のメンバーも同様であった。そしてモダニズムの時代の料理の趣向は、最低限の使用人を雇いながら、家事を娯楽として楽しめる人々の経済的な余裕が生んだ、恵まれた選択であった。しかしこのことは、使用人文化が衰退していく時代に、使用人に頼らない、新しい家庭の在り方を模索している人々の葛藤を映し出しており、使用人文化の転換期における家事労働をめぐるイギリス社会の変化を伝えている。

コラム(3)　ウルフの色彩感覚

——「ウルフの手作りジャム」

ウルフは、「偉大な作家は偉大な色彩研究家である」("Walter Sickert," 73) と述べており、小説において色彩を重視していた。このことは、ウルフの小説での食べ物の描写にも言える。

ウルフの小説では、食べ物は小説のテーマと結びつき、テクストに彩りを与えている。『ダロウェイ夫人』(一九二五) を例に挙げてみよう。セプティマスの部屋には、食卓の皿の上に黄色いバナナが置かれている。このバナナの鮮やかな黄色は、その後続くセプティマスの自殺の死のモチーフである黒色と対比されている。またダロウェイ夫人が娘時代を回想する際の「野菜畑でご瞑想」(*MD* 3) というピーター・ウォルッシュの言葉は、瑞々しいキャベツの緑色でもって、その青春時代の思い出を彩っている。

さらにダロウェイ夫人の娘エリザベスと彼女の家庭教師キルマンがデパートでお茶を飲む場面では、キルマンが隣の席の子供が食べているピンク色のケーキをうらやましそうに見ている。このピンク色のケーキの魅惑的な鮮やかさは、ケーキが象徴する、手の届かない存在である、エリザベスへのキルマンの同性愛的な欲望を引き立てているのだ。

ウルフのテクストに登場するこうした食べ物は、静物画において食べ物が絵画的なモチーフとなっているように、小説のテーマと結びつき、テクストを彩る重要な小道具となっている。

図7　ジャム（著者撮影）

このような食べ物を描く際のヴァージニア・ウルフの色彩感覚は、私生活で彼女が料理をする際にも見られる。彼女の姪のアンジェリカ・ガーネットによると、ウルフはジャムを作るのがうまかった。そしてウルフは様々な種類のジャムを手作りし、いろいろな種類の果物の瓶詰と共に、「翡翠色のスグリ」や「くすんだ紫色のラズベリー」などの色とりどりのジャムを食器棚や棚にオブジェのように飾っていたという（Rolls 178）。

二〇一四年、ロールズが『ブルームズベリーの料理本――人生、愛、芸術のためのレシピ』を出版し、彼女は、ウルフをはじめとするブルームズベリー・グループのメンバーが何を食べ、どのような料理を作ったのかをそのエピソードを交え紹介している。その中では、モダニズムの時代の当時のレシピやそのアレンジレシピが紹介されており、実際に料理を作ってみることが可能になった。

ここでは、ロールズがまとめた、二〇世紀初めのイギリスで一般的だったというジャムのレシピを紹介したい（Rolls 112）。

材料

ラズベリー　一・八キログラム

赤フサスグリの果汁　二カップ

砂糖　約一・七キログラム

①一・八キログラムのラズベリーの実に対して、二カップの赤フサスグリの果汁を加える
②三〇分、よくかき混ぜながら煮る
③木べらで、果実をつぶす
④種を取り除くために、できたものを裏ごし器にかける
⑤重さをはかり、約四五四グラムに対し約三五〇グラムの砂糖を用意する
⑥再び鍋に入れ、煮る
⑦砂糖を鍋に加える
⑧ジャムが固まるまで煮るが、火にかけてから二〇分以内に火を止める
⑨瓶に詰めたら完成＊

完成したジャムは、瓶を煮沸し、瓶詰めし、再び煮沸する。できたジャムの濃厚な赤色がきれいだ。少し甘酸っぱく、美味である。ウルフのように、できたジャムを台所や棚に飾ってみても楽しいかもしれない。

＊このレシピは、ロールズのレシピを筆者が図式化しまとめたものである。ポンド、オンスやパイントなどの重さの単位を日本式の計量法である、グラムやカップに変更した。また材料表を筆者が新たに加えた。

第6章
モダニズムの料理をする男たち
――フォースター、ロレンス、ジョイスのテクストをめぐって

1　家事をする男たち

二〇世紀初め、「使用人問題」が深刻化し、使用人の賃金が高騰したため、経済的な理由で、使用人を雇うことができなくなった中流階級の家庭において、それまで使用人がしていた家事を誰がするのかということは、深刻な問題となっていった。

そうした家庭で、料理や掃除、洗濯などの家事をすることになったのは、主婦たちであった。これまで使用人たちに任せていた家事をすることは、刺激的な一方で、知識や経験が不足しているために、彼女たちにとって困難なことでもあった。(1)

さらに経済的に貧しく使用人を雇う余裕がない家庭を除いて、上流・中流階級の上層部の女性が家事をすることがまれであった時代に、男性が家事をすることは、非常にめずらしかった（Light

185)。しかしながらブルームズベリー・グループの男性たちの中には、こうした家事に取り組もうとする姿が見られる。

例えばヴァージニア・ウルフの夫レナード・ウルフは、朝食を毎朝、妻のベッドまで運び、使用人が病気などで不在の時は、掃除や洗濯もしていた。さらに美術批評家ロジャー・フライは、料理や洗い物を自ら積極的にしていたという(2)。

実際に、家事をしていた男性が少なかった一方で、この時代のモダニズム小説を読むと、家事、とりわけ料理をする男性の姿が多く見られる。このことは、使用人文化が衰退する中で、それまで使用人に任せていた家事を誰がするのかという、夫婦間の家事分担の在り方の問題を提起しているように思われる。それはのちに起こる、家事や育児を完璧にこなす主婦という幻想が浸透していく時期への転換期の重要な問題提起であるといえる。

さらにモダニズム小説に登場する料理をする男性たちは、一九世紀末に現れた「新しい女（New Woman）」と呼ばれる進歩的な思想を持ち、社会の中に進出した女性たちに対応する「新しい男（New Man）」とも呼ばれうる存在としても描かれているように思われる(3)。

本章では、それらのモダニズム小説としてフォースターの『ハワーズ・エンド』（一九一〇）とロレンスの『チャタレイ夫人の恋人』（一九二八）、ジョイスの『ユリシーズ』（一九二二）を取り上げ、これらの小説に登場する料理をする男性たちに注目し、家事労働をめぐるジェンダーの問題について考えていきたい。

2　僕のお茶会へようこそ！

E・M・フォースターの『ハワーズ・エンド』では、主人公マーガレット・シュレーゲルの弟ティビーがお茶会を開く。

ティビーはそれまでの出来事をつまらないものに思って、お茶にオートミールを焼いたお菓子があるかどうか見に一人でそっと二階に上がっていたのだが、その間に彼は、――あまりにも器用な手つきで、――茶瓶を温め、女中がだしておいたオレンジ・ペコーの紅茶とは違うもっといい種類のものを五匙入れ、ほんとうに煮えくり返っている湯をその上から注いで、香りが消える前に早く来るように下の女たちを呼び立てた。　(Forster, *HE* 36; 四八頁)

ティビーは、姉たちのためにお茶菓子と紅茶を用意し、絶妙な温度でお茶を入れ、お茶とお茶菓子を姉たちに給仕し、彼女たちをもてなす。

ここで注目すべきは、男性であるティビーが、ホステス役を担っているということである。有閑階級の家庭で、お茶会やパーティーにおいて、男性はホスト役、女性はホステス役という性役割が与えられていた。では、このホステスとホストの役割とはどのようなものであろうか。

イギリスが全盛期にあったヴィクトリア朝期には、上流階級と中流階級のほとんどの家庭では、人数の差はあるものの使用人を雇っており、これらの家庭の女性たちの重要な仕事は、使用人たちを監督することであった。こうした家庭の女性たちが、自分たちの能力を発揮できる機会の一つが、パーティーや晩餐会やお茶会でホステスとして客人たちをもてなす時である。こうしたホステスを務める女性たちは、モダニズム小説の中でも多く登場し、ホステスとしての彼女たちの活躍は、ウルフの『ダロウェイ夫人』(一九二五)、『灯台へ』(一九二七)、『夜と昼』(一九一九)やキャサリン・マンスフィールドの短編「園遊会」(一九二二)などのモダニズム小説でも見ることが出来る。

しかしながらこうしたホステスの役割は、時に女性たちを縛り付けるものとなっていた。『夜と昼』の主人公のキャサリン・ヒルベリーは、名家に生まれ、ホステスとして立派にお茶会を取り仕切ることが出来るように母親からしつけられている。キャサリンは、「同じ階級の多くの若い令嬢たちがするように」「お茶を注ぎ」客人たちをもてなし、母親が見守る中、ホステスとして有能な母親に代わり、お茶会のホステス役を務める(*ND* 3)。しかし自身の感情を押し殺し、客人に尽くすというこのホステスの自己犠牲の精神は、偉大な詩人の末裔として、一族の繁栄のために、毎日訪れる客人たちをもてなし、家族に献身的に尽くすことを彼女に強い、数学や星座の研究に没頭したいというキャサリンの密かな願望を抑圧してしまう。この小説の中で、ウルフは、ヴィクトリア朝的な家庭内天使像と強く結びついたホステス教育が、いかに当時の若い娘たちの行動を規制し、彼女たちの自由を奪っていたかを示している。

さらにウルフは、このホステス教育が、作家として物を書く際、自身に悪影響を与えていたことを回想記に記している。彼女が受けたヴィクトリア朝的ホステス教育としてのお茶会での作法が書き物の中で、「人当たりの良さや礼儀正しさや斜めからのアプローチ」として表れ、自身の意見を主張することを抑圧させてしまうと述べている。このようにヴィクトリア朝的家庭内天使像と結びついたホステス教育は、それを受けた当時の女性たちの行動や精神に様々な規制を与えていた（"SP" 150）。

女性がパーティーでホステス役をする間、会を主催する男性はホストとして、パーティーを盛り上げることが求められた。このように男性はホスト、女性はホステスというジェンダー役割が設けられていたのである。

ではホストは、どのような仕事をするのか。パーティーのホスト役を務める男性として、ジョイスの『ダブリン市民』（一九一四）の「死者たち」の主人公ガブリエルがいる。会を盛り上げるスピーチをはじめとした客人をもてなすためのホストの仕事の一つは、客の前で肉を切り分けることであった。ガブリエルは、がちょうの肉を客人たちの好みに合わせて、適切に切り分け、彼らに配り、「肉を切る人として優れていること（an expert carver）」が認められ、家長としての威厳を示すことが出来、ようやく胸をなでおろす[4]（"The Dead," 171）。

ガブリエルと同様に、『ハワーズ・エンド』のウィルコックスもまたこうした肉切り能力に恵まれた有能なホストとして描かれている。レストランで、「魚のパイ」を頼もうとするマーガレットに対し、ウィルコックスは、「羊の鞍下肉」を頼むように言い、給仕に肉の切り分け方を指示する（*HE*130）。ウィルコックスのこのような指示のもと、肉のそれぞれの部位が切り分けられ、会食はスムーズに進む。さらに彼は、気配りの行き届いた会話によって、マーガレットをエスコートし、このことがきっかけで二人の仲は急速に深まるのだ。

ここで注意すべきことは、ウィルコックスがホストとして客人をもてなす際に、マーガレットにもホステスとして客人をもてなすことを強いていることである。

ヘンリーはもう食卓についていて、あまり口を利かずにゆっくり食べ、マーガレットが見たところでは、オニトンに集まったものの中で感情に駆られずにいるのに成功しているのは彼だけだった。彼がこれから自分が一人の娘を失うのだということにも、自分の未来の妻がそこにいることにも無関心でいるとは思えなかった。しかし彼はそれに自分というものを侵さずにいて、ただ時々、何か言いつけ、それは客たちをそれだけ居心地よくすることばかりだった。彼はマーガレットに手の怪我のことを聞き、彼女にはコーヒーを、ウォリントン夫人には紅茶を注ぐ仕事を割り当てた。イーヴィーが降りてきたときには少しばかりの混乱が生じて、マーガレットも、ウォリントン夫人もめいめいの席から立ち上がろうとしたが、ヘンリーは、「バートン」と給仕長を呼んで、「脇棚から、紅茶とコーヒーを注ぐように」と言った。それは本当の思いやりというものではなくて、一種の思いやりには違いなくて、本物と同じくらい、役に立ち、会議などでは本物よりも一層なくてはならないものになっている。

（Forster, *HE* 187; 二三八頁）

「客人たちを居心地よくするために」ホストとして客人たちをもてなす際、ウィルコックスは、「マーガレットにコーヒーを注がせ」、彼女にホステスとして客人をもてなすように命じる。そして彼は、使用人に指示するのと同時に、女性たちにも指示を出し、彼女たちの行動を支配している。このようにホストやホステスの役割は、男女間の支配関係の上に成り立ち、父権制度とも結びついているのである。

ウィルコックスとは対照的に、ティビーは、ホスト役ではなく、ホステス役を自ら担い、その結果、シュレーゲル家の女性たちは、ホステスの役割に縛られることなく、のびのびと議論をすることができるのだ。

3　階級意識とジェンダー

女性にホステスの役割を強いることなく、自ら進んでその役割を引き受けるティビーと同様、性役割にとらわれない男性として『ハワーズ・エンド』に登場するのが、事務員のレナード・バストである。同棲している恋人のために、バストは料理をする。

レナードは居間を片付け、台所で晩の食事の用意をした。彼はガスのメートルの料金口に一ペニーの銅貨を入れ、やがて缶詰の中身を煮炊きするいやな匂いがその辺りに立ち込めた。彼は不機嫌なのをその晩はどうすることもできなくて、料理をしている間中、文句を言い続けた。（Forster, *HE* 45; 五八－五九頁）

男性が自ら料理などの家事をすることは、当時、非常にめずらしかったというアリソン・ライトの指摘を考えると（Light 185）、バストが料理をすることは、性役割に捉われない彼の柔軟さを示しているように思われる。しかし注意すべきことは、バストの作る料理の内容が階級意識による味付けがほどこされていることである。

> 食事は、レナードが湯に溶かした固形スープで始まった。次が缶詰の牛の舌で、これは上にジェリーが少しのり、下に黄色い脂がたくさんついている斑な肉の丸い塊で、最後に、レナードが前に水に溶かしておいた別の固形の食糧でパイナップルの味がするジェリーが出た。ジャーキーはそれを結構、満足そうに食べて、時々、その不安げな表情をした眼でレナードを眺め、彼女の外観にはその表情に相応するものが何もなかったが、それでもそれは何か彼女の魂そのものを映しているようだった。そしてレナードはどうにか自分の胃に、充分に栄養になる食べ物がそこに送り込まれていることを納得させることができた。
>
> （Forster, *HE* 46; 五九－六〇頁）

バストが作るこの食事には、階級意識という強い悪臭が感じられる。新井潤美が指摘しているように、缶詰は、イギリスでは、ロウアー・ミドルクラスと労働者階級の好む食べ物であるというイメージが強く（新井「ディナーは何時にとるべきか――食事の時間と階級意識」六八頁）、この缶詰から成るバストの食事は、ステレオタイプ化されたロウアー・ミドルクラスの食事なのだ。さらにこの食事をバストが自ら調理していることも、彼の家が使用人を雇う余裕がなく、貧しいことを暗示している。バストの社会的な位置づけは、中流階級と下層階級の境界のロウアー・ミドルクラスという立場であり、二つの階級の境界にいるバストは、下層階級に転落しないように、必死に体裁を整えているのだ。

バストと同様に、ティビーもまたその精神的な未熟さが強調され、「新しい男」と呼ぶには頼りない存在である。姉から大切な相談を受けている時に、泣いている彼女の傍らで食事を取り続け、彼女の話よりもむしろこれから出る料理について心配しているように（*HE* 215）、「食べ物に対する興味」は、「人間に対する無関心」と同様にティビーの欠点として挙げられている（*HE* 238）。

デイヴィッド・ロッジの指摘にあるように、ティビーやバストには、「男性的な性格の欠落」（Lodge xvi）が見られる。例えばティビーは、性のアイデンティティの境界が非常にあいまいな人物として描かれ、姉のマーガレットから「私はこの家に男らしい本物の男がいたらよかったと思うわ」（*HE*36）と嘆かれている。

エリザベス・ラングランドによると「フォースターが自身の同性愛を確信したのは、『ハワーズ・エンド』を出版した少し後であり」、自身の同性愛的な傾向について、彼は「『ハワーズ・エンド』を書いている時点では、非常に混乱していた」(Langland 439)。その間、彼が同性愛に牽引されることを避けるために、同性愛に対して過度に嫌悪感を抱くというホモセクシャル・パニックに陥っていたとしても不思議ではないだろう。幼い頃に父親を亡くしたフォースターは、父親不在の女性的な雰囲気の強い家庭で育ち、ティビーのように女性的な文化に親しんでいた。しかしフォースターは、それと同時に、そうした女性的なものに惹かれる「自身の内なる女性性への恐れ」(Langland 439)を抱いていたようである。この「自身の内なる女性性への恐れ」の影響のためか、女性的なものを好み、家庭的で「男性的な性格の欠如した」ティビーやバストに対するフォースターの扱いは、いささか手厳しいものとなり、彼らがジェンダー役割に捉われない柔軟さを持っているにもかかわらず、フォースターは、彼らを描く際、魅力に欠ける人物描写に留めてしまっている。

4 「新しい男」の料理

『ハワーズ・エンド』のバストと同様に、使用人のいない家庭で、料理をする男性が見られるのは、D・H・ロレンスの『チャタレイ夫人の恋人』のチャタレイ家の森番メラーズである。ロレンスは、メラーズを描く際、バストが越えられなかった階級の垣根を越えようとしている。メラーズは、労働者階級に属するが、『ハワーズ・エンド』のバストに比べると、階級にそれほど縛られていない。メラーズは、労働者階級の人々が話す訛りの強い方言と上流階級の紳士のような話し方を使い分ける。さらに彼は、労働者階級の粗野な食事の仕方だけでなく、上流階級のテーブル・マナーにも精通している。メラーズは、上流階級の貴婦人で彼の恋人コンスタンスとその姉のヒルダと食事をする際、そのテーブル・マナーのすばらしさによってヒルダを感嘆させている。

三人は黙って食べた。ヒルダは彼の食事の作法がどんなものかと見た。彼女は彼が本能的に彼女自身よりはるかに繊細で、上品だと悟らないわけにはゆかなかった。彼女にはあのスコットランド風の不器用さがあった。それればかりでなく、彼にはイングランド風の冷静な自信があり、だらしないところは見えなかった。彼よりも立派にふるまうのは難しいことだった。

(*Lawrence, LCL* 244; 四五二頁)

ヒルダは、メラーズのテーブル・マナーを賞賛し、さらに彼の物腰が自分よりも「はるかに優雅で、育ちが良いもの」であることを認め、彼に対する見方を改める。このようにメラーズは、上流階級と下層階級の両方の話し方やマナー、どちらの階級にも通じる幅広い教養を身に着けている。コニーもまたメラーズの影響を受け、徐々に階級の縛りから解放されていく。メラーズと会う前、上流階級の貴婦人であるコニーは、夫のクリフォードに従い、労働者階級の人々と距離を置いて接し、彼らを存在しないものであるかのように振る舞っていた。そのため以前は、彼女と労働者階級の人々の間には「越えがたい溝」があった。

しかしメラーズとの出会いによって、次第に、彼女は労働者階級の人々を一人の人間として扱い、彼らと親密な交流をするようになる。メラーズは、コニーに、自ら料理した労働者階級の食事をとらせ、彼女に労働者階級の味覚を植え付けることで、彼女にも階級の垣根を越えさせてしまう。

> 階下で彼が火をおこし、水をくみ、裏口から出てゆく音を聞いた。まもなくベーコンの匂いがしてきた。部屋の入口をやっと通るような大きな黒い盆を持って、彼が上がってきた。彼は盆をおいて茶をついだ。コニーは破れた寝巻を着て座り、貪るように食べた。彼はたったひとつの椅子に座って、膝に皿をのせて食べた。
> 「とってもすてきよ!」と彼女は言った。「一緒に朝ご飯を食べるなんて」
> (Lawrence, *LCL* 249; 四六一－四六二頁)

最初に、メラーズ宅でお茶を出された時、お茶を飲むことを躊躇していたコニーであったが、コニーはメラーズの作った出来立ての、温かく、食欲をそそる食事をとり、それを「おいしい」と感じるようになる。メラーズは自ら朝食を調理し、コニーのための食事をベッドまで運び、ともに朝食を食べる。

さらに彼女は、メラーズの作った食事だけでなく、労働者階級の女性の作った食事とお茶を共にとることで、彼女たちとより親密になり（*LCL* 131）、労働者階級の共同体に徐々に溶け込んでいく。そしてコニーは、メラーズによって徐々に、ジェンダーや階級の拘束から解放されていくのだ。このようにメラーズは、階級やジェンダー規範にとらわれない柔軟さを持っている。

ジョイスの『ユリシーズ』のブルームもまた当時のジェンダー規範にとらわれていない男性である。ブルームは、ベッドで眠る妻のために朝食を作る。

湧いているどころじゃない。口から派手に湯気を吹き上げている。彼はティーポットに湯を通してすすぎティースプーンに山盛り四杯の紅茶を入れてから、湯沸かしを傾けて湯をついだ。茶がよく出るまでポットはそのままにして彼は湯沸かしをおろし、燃えている石炭の上にぴしゃりとフライパンを叩きつけ、バターのかたまりがすべって溶けるのを見守った。

腎臓の包みを開きかけたら猫がすりよって来てひもじそうに鳴いた。餌をやりすぎると鼠を捕らない。豚肉は食べないと言うけど。コーシャだよ、ほら。彼は血まみれの新聞紙を猫の前に落とし、しゅうしゅうと溶けているバターの中に腎臓を入れた。胡椒。縁のかけたゆで卵いれの中の胡椒を彼は指の間から輪を描くように振りかけた。

(Joyce, *U* 51; 一五六―一五七頁)

彼は、妻のモリーのために食材の買い出しに行き、それらを調理し、出来た料理を彼女の横たわるベッドまで給仕するいわば主夫である。ブルームは、この日が特別な日であるからではなく、日常的な行為として家事を行い、それに合うようにアイルランドの素朴な家庭料理を作るのだ。ブルームが「食べる人である以上に食べさせる人」であるとリンゼイ・タッカーは指摘しているが(Tucker 127)、彼は家事を快く引き受け、妻をはじめとした親しい人たちや時には動物のために、食事を用意し、これらの愛する者たちに食事を与えている。[5] このようにブルームとモリーの間には、従来の夫と妻の間に存在した父権的な支配関係とは異なる新しい夫婦の関係を見ることが出来よう。

モダニズムの時代、使用人文化が衰退していき、家事役割が家事使用人から女性へと移行していく中で、夫婦間で家事分担をどうしていくべきかという問題意識を、モダニズム小説の料理をする男性の表象に見ることができる。そしてその表象は、ジェンダーや、階級、人種の問題と複雑に絡んで描かれている。こうしたモダニズム小説の料理をする男性の表象は、使用人文化が完全に衰退した後で、確実に問題となるだろう、家庭での家事役割についていち早く問いかけている点で、注目に値する。そしてその問題意識は、女性の社会進出が進む中、家事役割を夫婦でどう分担するのかという、今日的な問題をもはらんでいるのだ。

コラム（4）　モダニズムと「料理男子」

モダニズム小説における料理をする男性の表象について考えてみると、日本での二〇〇〇年代の「料理男子」ブームに通じるものがある。

二〇〇〇年代に、日本で「料理男子」という言葉が流行し、料理をする男性がもてはやされた。しかし二〇一九年頃から、「料理男子」という言葉はあまり聞かれなくなった。このことは、家庭で料理をする男性の姿がもはや一般化し、それほどめずらしいものでなくなったためだといえる。時代と国は異なるが、モダニズム小説の料理をする男性像と「料理男子」現象には、類似性が見られる。

この「料理男子」現象は、女性が料理をし「食べさせる人」、そして男性がそれを「食べる人」という従来の男女の性別役割分担を覆している点で、興味深い現象である。とりわけ小説や漫画、ドラマに登場する「料理男子」たちが、プロの料理人や食欲旺盛な男性にふさわしい「男の料理」のような特権化された料理を作るそれまでの男性たちと異なるのは、彼らが主婦たちのように料理を家事労働の一つとしてこなし、日常的に食べる料理を作るきわめて家庭的な男性であるということである。

そうした「料理男子」として、有川浩の『植物図鑑』（二〇〇九）の、料理をはじめとした家事全般に万能な男イツキを挙げることが出来る。主人公のさやかは、家の前で、野垂れ死にそうになっている見ず知らず

図8　有川浩『植物図鑑』表紙

の若い男イツキを見つけ、思わず彼を拾ってしまう。翌朝、一晩泊めてもらったお礼に彼は、さやかのために冷蔵庫に残っていた有り合わせの食材で朝食を作る。

男が食卓に軽く手を合わせ、さやかも釣られて手を合わせた。

食べる前に手を合わせるようなごはん、ずいぶん食べてないな――きちんと誰かの手間がかかったごはん。一人暮らしのコンビニ飯ではさすがにいただきますの気分にならない。

おかずはタマネギのオムレツ、味噌汁もタマネギに卵と、男がかろうじて発掘した食材のみで構成されたメニューである。

だが、

「おいしい……」

一口すすった味噌汁は、じんわりと体に滲みるようだった。インスタントはどれだけ頑張ってもインスタントの味なんだなと分かるような。

オムレツも具のタマネギを塩胡椒で炒めただけのシンプルさだったが、そのシンプルさが舌に滲みる。

（有川 一一二頁）

冷蔵庫にかろうじて残っていた「盛大に芽が出た」タマネギと「死亡直前の卵」（有川 一二〇頁）で作られた絶品の手料理に感動したさやかは、イツキに胃袋をつかまれ、さやかの代わりに家事をすることを条件に、見ず知らずの彼を一人暮らしの部屋に住まわせることに決めるのだ。『植物図鑑』でのイツキとさやかの関係は、女性が料理を作り「食べさせる人」、そして男性が「食べる人」という従来のジェンダー規範の逆転が見られる。

村上春樹もまた多くの小説で料理をする男性を登場させ、その料理のレシピを集めた『村上レシピ』という本が出版されたほどである。村上の料理をする男性たちは、料理男子の先駆けといえよう。料理をする男性が見られる村上の小説として、『ねじまき鳥クロニクル』（一九九四）や『世界の終りとハードボイルド・ワンダーランド』（一九八五）などがある。『世界の終りとハードボイルド・ワンダーランド』では、愛する女性のために主人公が度々手料理を振る舞っている。

私は鍋に湯をわかして冷蔵庫にあったトマトを湯むきし、にんにくとありあわせの野菜を刻んでトマト・ソースを作り、トマト・ピューレを加え、そこにストラスブルグ・ソーセージを入れてぐつぐつ煮込んだ。そしてそのあいだにキャベツとピーマンを細かく刻んでサラダを作り、コーヒーメーカーを入れ、フランス・パンに軽く水をふってクッキング・フォイルにくるんでオーヴン・トースターで焼いた。食事ができあがると私は彼女を起こし、居間のテーブルの上のグラスと空の瓶を下げた。

（村上『世界の終りとハードボイルド・ワンダーランド』五七九－五八〇頁）

この食事を食べた女性は「おいしかったわ。こんなに手のこんだ朝ごはんって久しぶり」、とその手料理を絶賛している（村上『世界の終りとハードボイルド・ワンダーランド』五八一頁）。『ねじまき鳥クロニクル』では、失業中の主人公が働く妻のために食事を用意する場面がある。手料理で妻を喜ばせたいという彼の努力はむなしく、そうと知らずに妻の嫌いな料理を作ってしまったために、かえって妻の機嫌を損ねてしまう。このように村上の小説では度々、料理をする男性が登場し、彼らは愛する女性たちのために料理を作っている。

また日本の漫画に登場する「料理男子」としては、テレビドラマ化もされた二ノ宮知子の『のだめカンタービレ』（二〇〇二－二〇一〇）の千秋真一がいる。千秋は、天才ピアニスト野田恵の才能にほれ込み、ピアノに没頭するあまり食生活が不規則になる彼女に、手料理を食べさせ、献身的に彼女を支えている。こうした漫画の中で、家事能力が低い「干物女」と料理男子の組み合わせがしばしば見られる。この「干物女」像は、女性は料理がうまく、きれい好きであるという女性に対する従来のステレオタイプを壊すものであり、それに対して料理男子たちは、彼女たちの苦手分野を補っている。

漫画の中の料理男子として他に、テレビドラマ化もされた、よしながふみの『きのう何食べた?』(二〇〇七―)の主人公筧史朗がいる。史朗は同棲する恋人の男性ために料理をしており、この物語は、二人の食卓を囲む様子を中心に同性愛のカップルの日常を描いているものである。

こうした「料理男子」現象は、男女の家事役割をめぐる日本の社会の変化を映し出した興味深い現象といえよう。

図9 よしながふみ『きのう何食べた?(1)』表紙

Ⅳ　感覚の世界

第7章
ジョイスにおける食とテクスト
――『ユリシーズ』の「カリュプソ」をめぐって

1　記憶と五感

二〇世紀初めに活躍したフランスの作家マルセル・プルーストは、『失われた時を求めて』(一九一三―一九二七)で、五感と記憶との関わりを提示している。例えば、語り手が、マドレーヌを食べ、その味覚と臭覚によって過去の記憶を呼び戻す場面はあまりにも有名である。過去の記憶と結びついた匂いが、過去の記憶を呼び起こすというこの現象は、現在、「プルースト効果」と呼ばれ、その臭覚と記憶との関係は、科学的にも検証されている。さらにプルーストが、『失われた時を求めて』でこうした五感の働きを多くの食の描写を通して示し、いかに彼が食の描写を重視していたかをアン・ボーレルは、『プルーストの食卓』で指摘している。こうした感覚を描くというプルーストの試みは、人間の無意識を描く試みと同様に、同時代のイギリスのモダニズム作家たちにも影響を与えていたと思われる。

ロジャー・フライは、ブルームズベリー・グループの知識人たちに、ポスト印象派の絵画と同時に、フランス文学を紹介した。それまでイギリスの知識人たちの多くは、異国のものを嫌い、フランス文学にあまり関心を示してこなかったが、フライは、ブルームズベリーの仲間たちに、フランス文学に目を向けさせたのである（Spalding 71）。『失われた時を求めて』が出版された際も、ブルームズベリー・グループで、みなこぞってこれを読み、話題にしていた。そしてイギリスの他の知識人たちも、徐々にフランス文学の洗礼を受けるようになり、ポスト印象派の絵画と同様、『失われた時を求めて』は、イギリスの多くの作家たちに衝撃を与えた。ウルフは手紙で、「私の偉大な冒険は、プルーストである。本当に、その後では、書くために何が残っていようか」とやや皮肉を込めながら、当時のイギリスの作家たちに与えたプルーストの影響力を語っている（*L2*: 565–566）。

プルーストと同じ時代に生き、しばしば比較されることの多いジェイムズ・ジョイスもまた『ユリシーズ』（一九二二）で、プルーストと同様に、記憶と味覚などの感覚との関わりを探求しており、それらはとりわけ食の描写を通して示されている。アームストロングは、『ユリシーズ』の中で、「食べ物は、登場人物たちの出来事や場所、感情状態についての記憶と結びついており、食べ物の選択は登場人物の性質や特徴を反映している」とその重要性について指摘している（Armstrong

XIII)。

実際に、この小説は、スティーヴン・ディーダラスとレオポルド・ブルームがそれぞれ別の場所で、朝食を摂る場面から始まる。特にブルームは、初めて小説に登場する場面から食べ物と結びつけて描かれている。

> ミスタ・レオポルド・ブルームは好んで獣や鳥の内臓を食べる。好物はこってりとしたもつのスープ、こくのある砂袋、詰め物をして焼いた心臓、パン粉をまぶしていためた薄切りの肝臓、生たらこのソテー。なかでも大好物は羊の腎臓のグリルで、ほのかな尿の匂いが彼の味覚を微妙に刺激してくれる。（*U* 45; 一三九頁）

ブルームは、「獣や鳥の内臓を好んで食べ」、彼の好物の「羊の腎臓のグリル」は、「尿の匂い」がし、その香りが彼の食欲を刺激する。こうした臓器と排出物を食べ物と結びつけて描いていることは、ジョイスが『ユリシーズ』を「人間の身体の叙事詩」（Budgen 21）であると述べ、さらに執筆のための計画表で『ユリシーズ』の各挿話に身体の器官の役割を与えていることと密接に関係している。[1] とりわけ先ほどの引用から始まる「カリュプソ」では、その器官として腎臓が割りあてられ、そうした身体の器官を通した食べ物の消化の過程が示されている。さらにここで、食の消化と排出は、文字の消化と排出という、読書と創作行為とも重ね合わされている。

本章では、『ユリシーズ』の第四挿話「カリュプソ」を通し、「消化」と「排出」に注目し、この小説での、食とテクストの循環性ついて検証していく。

2 「食べる人」としてのブルーム

モリーが読んでいる本の「輪廻転生（Metempsychosis）」（*U* 52）という言葉が示すように、「カリュプソ」では、循環のイメージが多く登場する。身体の器官を通過する食べ物の消化もまた、そうした循環のサイクルの一つだ。この挿話では、ブルームと食べ物との関わりを描くことで、そうした循環の過程が示されている。リンゼイ・タッカーは、ブルームについて「食べる人である以上に食べさせる人」だと述べている（Tucker 127）。確かにブルームは、多くの場面で食事を食べさせている。

第四挿話「カリュプソ」では、ブルームが妻のために朝食を作り、食事を妻のベッドまで運び、さらに飼い猫にも自ら作った食事を与えている。また第八挿話「ライストリュゴネス族」では、飢えたかもめにえさを与え（*U* 125–126）、第一五挿話「キルケ」では、スティーヴンに食事を食べさせようと奮闘し（*U* 536）、第一七挿話「イタケ」において、スティーヴンにココアを飲ませることに成功している（*U* 553–554）。このようにブルームは、「食べさせる人」としての役割を多く担っているといえる。しかしながらブルームは「食べさせる人」であると同時に「食べる人」でもある。そのことは、彼が「内臓」と「羊の腎臓のグリル」（*U* 45）を好んでいることや、朝食として「しなやかな肉」と「賽の目」状に切った「パン」を肉汁に浸して食べ、「紅茶」を飲んでいることからも明らかである（*U* 53）。

さらにこの小説の中では、食べることにとどまらず、食をめぐるさまざまな過程が提示されている。その最初のものは、食材を生産する過程である。ブルームは、動物の糞を肥料にし、野菜を栽培することについて思いめぐらしている（*U* 55–56）。ブルームはまた、食用に牛を飼育することや（*U* 49）、さらにかつて勤めていた家畜取引所での経験を思い出し、屠殺や解体といった食品を加工する過程についても考えている。こうして商品として店で売られた肉をブルームは、肉屋で買い、それを妻の朝食として調理し、妻にベッドまで給仕する。さらにブルームは、モリーと飼い猫に食事を与えた後、自身も食事する。このようにしてブルームによって、食べられた食物は、ブルームの腸を通り、便として排出されている。

じっと我慢しながら彼は静かに一段落目を読み、そして、出しながらしかも抑えながら、二段目を読み始めた。半分まで来て、もう抑えることをやめ、しずかに内臓が開いてゆくに任せながら読み、さらに辛抱づよく読み続けるうちに、昨日の軽い便秘はどうやら解消した。頼むぜ、あまり大きいとまた痔になってしまう。いや、ちょうどいい。そう、ああ！　便秘薬。カスカラ・サグラダを一錠。人生がすっかり明るく。感情も情緒もかきたてない話だけど、歯切れがよくて気がきいている。今は何でも活字になる。ねた涸れ時だ。彼は自分自身の立ち上る臭気のなかにじっと坐ったまま読み続けた。たしかに気が利いている。〈マッチャムがたびたび思い出す、あのあざやかな手並みが笑う魔女を陥落させ、いまや彼女も〉。はじめと終わりとに教訓がつく。〈手に手を取って〉。うまいもんだ。彼は読み終わった文章をもう一度ちらりと眺め、自分の尿が静かに流れるのを感じながら、これを書いて三ポンド一三シリング六ペンスの稿料をせしめたミスタ・ボーフォイを素直にうらやましいと思った。

(*U* 56; 一七一―一七二頁)

この場面では、臭覚のみならず、腸の動きを伴って、排便の様子が伝えられている。さらにこうして排出された便は野菜を育てるための肥料として再び、循環の過程の中に取り込まれている（*U* 55–56）。つまりここでは、生産から消費、摂取、消化、排出といった循環の過程が描かれていることになる。注目すべきは、こうした消化と排出は、読書行為を通じての文字の摂取と排出という行為とも、比喩的に重ね合わせていることである。

3　言葉を食べる

食べ物の摂取と言語の摂取の密接な関係は、ブルームが食事をしている以下の場面において極めて意識的に描かれている。

さあお茶だ。彼は腰をおろし、パンを一切れ切ってバターを塗った。腎臓の焦げたところを切り取って猫に投げてやった。それからフォークで大きな一切れを口に入れ、香ばしいしなやかな肉をよく味わいながら噛んだ。ちょうどいい焼け具合だ。紅茶を一口。それからパンを賽の目に切り、その一切れを肉汁にひたして口に入れた。確か若い学生とかピクニックとか書いてあったな？　彼はかたわらに置いた手紙の折り目をのばし、ゆっくり読みながらパンを噛み、次の一切れを肉汁にひたしてまた口に持っていった。

やさしいパパちゃん

すてきな誕生日の贈り物ほんとにどうもありがとう。あたしにとってもよく似合うの。あの新しい帽子をかぶるとけっこう美人にみえるってみんながそう言ってくれるわ。ママからもすてきなクリーム菓子を一箱いただいたから葉書を出します。すてきなお菓子よ。あたしの写真商売もだいぶ板についてきました。ミスタ・コフランがあたしと奥さんをいっしょに写してくださったわ。現像ができたら送ります。きのうはとても忙しかったの。お天気がよくて大根足がぞろぞろやってきたわ。月曜日にはお友達四、五人とオーエル湖まで気軽なピクニックに行きます。ママによろしくね、お父さんには大きなキスと感謝をさしあげます。みんなが階下でピアノをひいています。土曜日にグレヴィル・アームズ・ホテルで音楽会があるの。バノンっていう若い学生が夕方ときどき遊びにくるのよ、従兄だかなんだかにすごいお金持ちがいるんですって。そのひとはボイラン（ついブレイゼズ・ボイランって書いちゃいそう）がよく歌っていた海辺の娘たちを歌うの。おばかのミリーからよろしくとボイランに言っといてね。もうおしまいにしなさいと。心から愛をこめて、

大好きなあなたの娘
ミリー

P.S.　乱筆ごめんなさい、急いでるの。バイバイ。

（*U* 53–54; 一六四－一六五頁）

この場面で、食事をする行為と手紙を読む行為が並置されているように、ブルームは、食べ物だけではなく、そうした文字もまた摂食している。文字が食べ物として機能していることは、ブルームがイギリスの大衆雑誌「ティトビッツ」を読んでおり、この "titbit"（*U*65）が「とっておきのおもしろい話」と「うまくて軽い食べ物」という二重の意味があることからも明らかであろう。ブルームは、排便をしながらこの雑誌の「懸賞小説」を読んでおり、そうして摂取した文字を咀嚼し、小説を書くことを夢想している（*U*56）。この挿話では、こうして摂取された文字が新たなテクストとなって創作されることはないが、排便しながら「カスカラ・サグラダを一錠。人生がすっかり明るく」と「便秘薬」の広告文句が生み出される（*U*56）。広告取りのブルームは、のちに広告を書く際、こうして摂取された知識を、文字として排出しているといえる。このように『ユリシーズ』では、身体の器官を通しての「消化の過程」と「言語」の消化との密接な関係が見られる（Tucker 2）。

こうした「食事の重要性」を主張するブルームの食べ物への反応は、「精神活動」の重要性を訴えるスティーヴンとは、非常に対照的である（*U* 544）。実際に、スティーヴンが中心となる第一から三挿話には、ジョイスの計画表による器官が割り当てられておらず、スティーヴンには、身体性が欠如している。書物という精神的な糧を渇望し、肉体の糧を軽視するスティーヴンと反対に、ブルームはそれらの両方を積極的に摂取しようとしている。扶瀬幹生は『ユリシーズ』のブルームの役割を「スティーヴンに欠けていた、自己の身体内外に所与として存在する流通経路を積極的に認め、その中で人間の認識・欲求が具体的にどのように働くかを身をもって示す」ことだと指摘している（扶瀬 233）。以上のように、ブルームはスティーヴンよりもより身体性を重視する人物である。

4　ブルームの「便秘」

流通経路を認識するブルームではあるが、彼の排出と循環は、必ずしもうまくいっているわけではない。それは排便の際にほのめかされているように、ブルームが、日常的に「便秘薬」を常用し、「便秘」に苦しんでいることからも明らかである（*U* 56）。こうしたブルームの便秘性は、彼の創作活動においても見うけられる。タッカーは、「食事と消化過程」と「身体の機能に対するブルームとスティーヴンの反応を注意深く描くこと」は、「創作する過程」と「登場人物自身の繁殖力」と関係していると述べている（Tucker 2）。ちょうどブルームが痔に苦しみながらなんとか排便をしているのと同様に、彼によって排出される文字は、広告取りの仕事を通して書かれたわずかなものでしかない。

タッカーは、そうしたコマーシャリズムによる文字の生産の「不毛性」について、新聞の死亡広告は、印刷機の「リールが何巻もの大量の紙を食べ」、「一人の男を砕いて粒子にし」、さらに「新聞」が一人の人間の死という「事実を吸収し」その事実を「生命のない陳腐な見出しへと変える」ことだと述べており、『ユリシーズ』では、そうしたコマーシャリズムが個人の個性を剝奪する「不毛性」が批判の対象となっていると指摘している（Tucker 90–91）。こうして個人の個性を剝奪し、機械によって大量生産された文字は、「空虚」かつ「不毛」であり（Tucker 91）、新たな創造のための栄養を持たない。

ブルームは排便をしながら、ミスター・ボーフォイの書いた「懸賞小説」を読み、その巧みな描写に感心し、これを書いて三ポンド一三シリング六ペンスの稿料を得たミスター・ボーフォイを「素直にうらやましい」と思い（*U* 56）、何か書きたいと思うが、その物語も完成しないままである（*U* 56–57）。ブルームは、物語を書くことについて考えるが、それは決して書かれることはなく、その内容も散漫なものでしかない。ブルームに関して言えば、そうして排出されない言葉は、彼の日常的な便秘と同様に、彼の中に滞ったままである。

しかしながらその一方で、ブルームが想像する物語は、『ユリシーズ』を書くプロセスと対応関係にあるように思われる。ブルームが想像する物語は、彼自身の「記憶」を基にしている。ジョイス自身が「想像力は、記憶力だ」（Ellmann 79）と述べているように、こうした記憶は、『ユリシーズ』での創作の糧となっている。小説の中で、スティーヴンが「死んだ母親のイメージ」を絶えず思い出しているように、ブルームもまたモリーとのホワースでの幸福な思い出を何度も回想する。その典型的な例として、第八挿話でブルームがパブでとる昼食の場面をあげておきたい。

窓ガラスにへばりついた二匹の蠅がぶんぶんうなっている、へばりついたまま。

燃えるワインは飲みこんでからも口のなかに残った。ブルゴーニュの葡萄を圧搾機に入れてつぶす。これは太陽の熱なんだ。かすかな感触が過去の記憶を呼び覚ますような気がする。その感触に触れて濡れて彼の官能が思い出した。ホワースの丘の野生の羊歯のかげで。おれたちの下に湾が眠っていて。空。音一つしない。空。湾はライアン岬のそばでは紫。ドラムレックでは緑。サットンのあたりでは黄緑。海底の野原、海草の淡い褐色の線、埋もれた都市。おれの上衣を枕にして彼女は髪を、ハサミ虫がヒースの茂みに俺の手は彼女のうなじをかかえて、もみくしゃにされそうだわ。まあ、すてき！　軟膏でひんやりと柔らかい彼女の手がおれに触れて、愛撫して。彼女はおれをみつめて目をそらさない。夢中でおれは彼女の上にかぶさり、ふくよかな唇がいっぱいに開いて、彼女の唇にキスをした。ヤム。そっと彼女はおれの口のなかに温かく噛み潰したシードケーキを入れた。彼女の口で噛まれ唾で甘酸っぱく柔らかいむっとする塊。歓喜、おれは食べた、歓喜。若いいのち、ふくらんでケーキをわたす彼女の唇。柔らかい、温かい、ねばつくガムのゼリーの唇、花のような彼女の目、あなたにあげる、誘いかける目。(…)熱い舌をおれは彼女におしつけ。彼女はおれにキスをした。おれはキスされた。身をまかせきって彼女はおれの髪を掻きあげ。キスされて、彼女はおれにキスをした。

おれ。そして今のおれ。

へばりついて、蠅たちが唸っている。

(*U* 144; 四三〇-四三一頁)

ブルームは、この日、モリーとの幸せな時を過ごした記憶を何度も思い出す。タッカーは、こうした回想の行為を「追憶の反芻(cud of reminiscence)」と食べ物のメタファーで呼んでいる(Tucker 9)。ここでは、ブルームがパブで飲んだ濃厚なワインの味を通して、かつてモリーからの口移しで食べた「甘酸っぱく柔らかい」シードケーキの味を連想し、モリーと交わした官能的なキスの味の記憶が呼び起こされるのだ。

ブルームに限定して言えば、彼の中に蓄えられた妻とのかつての幸福な記憶は、彼の中で反芻されるものの、ブルーム自身によって書かれる物語として排出されることはない。しかし『ユリシーズ』では、そうした記憶は、『ユリシーズ』というテクストの身体を循環し、小説を豊かなものにする滋養となっている。したがってこの小説において、反芻を伴う食べる行為は、さまざまな形で反芻され、多様な語り口で角度を変えて表現される記憶によって織りなされる『ユリシーズ』の創作の過程と重ね合わせて捉えることができるだろう。こうした物語の創造という浄化行為は、第九挿話「スキュレとカリュブディス」で、スティーヴンが、記憶を反芻し、さまざまな作家によって書かれた書物を取り入れることで、ハムレット論を展開し、さらに詩作や創作をしているように、ブルームよりもむしろスティーヴンに委ねられているといえる。

5 「汚らしい浄化法」

こうした創作活動と排泄行為の結びつきは、ジョイスが書いた「聖なる役職」という詩にも見うけられる。興味深いことは、この詩で、ジョイスが、作家を下剤に見たて、創作活動と排泄行為を重ね合わせていることである。この中で、「カタルシス・パーガティヴ」という下剤の名で自らを呼ぶ「私」は、過去の詩人たちの詩を「文法書」に、自ら「カタルシス」すなわち下剤となって、現代の詩人たちの「お腹にたまった」「汚れた流れを」一掃し、「彼らの臆病な尻をよみがえらせ」たいと述べている（"Holy Office" 160–162）。

ここでは、創作活動に加えて、読書行為を通してのさらなる循環の可能性が示されている。まず作者が、過去の作家たちの書いたものを読み、そこから新たなテクストを生み出す。そのテクストを読者が読み、吸収されることで、読者の「腹」に蓄積されたたくさんの書物で「汚れた流れ」を浄化し、読者に排便を促すこと、すなわち創作意欲をかきたてることを可能にする。そして、他の書物とともに排泄物の一部、つまり新しく生み出されたテクストの一部となって排出されるのである。それと同時に、読者によって取り込まれたそのテクストは、新たなテクストという身体を循環する栄養となるのだ。

ブルームは、動物たちの糞を肥料にし、野菜を栽培することを「汚らしい浄化法（dirty cleans）」と呼んでいるが（*U* 56）、この「汚らしい浄化法」は、創作活動においても読書行為を通してなされうるといえる。よく知られているように『ユリシーズ』は、ホメロスの『オデッセィア』をはじめとするさまざまな古典を取り入れ、そうしたものも創作の糧としている。その結果書かれた『ユリシーズ』もまたそれを読む読者を通して、再び循環のサイクルの中に組み込まれているのである。実際に、多くの読者にとって『ユリシーズ』は、創作意欲を刺激するものであり、現在もなお多くの作家たちに影響を与えている。

ジョイスは、このようにブルームとスティーヴンを介在させて、食べ物の消化過程と読書行為と創作行為とを重ね合わせて描くことで、肉体と精神の間の二項対立を崩し、肉体から切り離された創作活動の神聖化を揶揄しているといえる。ジョイスは、登場人物たちが「肉体を持たなければ、精神を持つことはなく」、肉体と精神は「全て一つのものである」（Budgen 21）と述べているが、そうした意図は『ユリシーズ』の食事の描写にも表れている。このようにジョイスにとって食事の描写は、インターテクスト性を問題にするモダニズム文学の実験と密接に関わるほど極めて重要なものであったといえるだろう。

第8章 『フラッシュ』における味覚、そして臭覚の世界

1 ウルフの感覚表現

ヴァージニア・ウルフが、「意識の流れ」を通して、人間の無意識を描き出したことはよく知られている。そのためウルフは、しばしば「精神的」な作家であると批判される。しかしウルフのテクストを読むと、きわめて身体性の高いテクストであることに気付かされる。それはとりわけウルフが、身体と密接に関わった人間の感覚を巧みに表現しているためである。

例えば、『ダロウェイ夫人』（一九二五）では、ビッグベンの鐘の音が街に響く瞬間が、「鉛の輪が空中に溶けた」と表され、重厚な鐘の音が人々の鼓膜を揺らす。さらに『自分だけの部屋』（一九二九）では、男子寮と女子寮を辛辣に比較したグルメ記者顔負けのおいしそうなそしてまずそうな味の描写がある。そして短編「キューガーデン」ではカタツムリが植物の間を這う生々し

い触覚表現が印象的だ。

こうした五感を利用したテクストの一つとして、ウルフの『フラッシュ』（一九三三）がある。この小説は、主人公であるコッカー・スパニエル犬の雄のフラッシュの視点から物語が展開している。フラッシュの意識を描く際、ウルフがとりわけ重視していた感覚が、臭覚や味覚である。さらにこの小説では、人間世界の視覚中心主義と、臭覚により知覚される犬たちの「匂いの世界」が対比され、ウルフの人間中心主義への批判を見ることが出来る。

本章では、『フラッシュ』の感覚表現に注目することで、こうした感覚表現に込めたウルフの人間中心主義への批判を読み解いていく(1)。

2　犬と女性の絆

『フラッシュ』は、イギリスの詩人エリザベス・バレット・ブラウニングが飼っていた愛犬フラッシュを主人公にしたもので、副題（*A Biography*）にあるように、フラッシュの架空の「伝記」という体裁をとっている。『フラッシュ』や、同じく「伝記」という副題のついた『オーランド』（一九二八）をはじめとして、ウルフは史実に基づいた男性中心的な従来の「伝記」とは異なる形の伝記を描こうとした。こうした試みに加え、ウルフが多くのテクストの中で光を当てているのが、歴史の中に埋もれた日陰の人々の人生いわゆる「無名なものの人生（Lives of the Obscure）」である。例えば『ダロウェイ夫人』では、政治家の妻、『灯台へ』では学者の妻の思考と感情を浮き彫りにしている。

『フラッシュ』は、女性たちと同様に日陰の存在である犬の「伝記」として書かれたもので、単に詩人エリザベス・ブラウニングの飼い犬という所有物ではない、フラッシュ独自の生き方に光を当てている。ウルフは『フラッシュ』をブルームズベリー・グループの一員であり、著名な伝記作家であるリットン・ストレイチィーの伝記の「パロディ」とし、ブラウニング夫妻の恋文の中に登場したフラッシュに「命を吹き込んだ」のである（*L5*:161–162）。

図 10　ウルフと愛犬ピンカー
（出典：Caroline Zoob, *Virginia Woolf's Garden*. p.61）

「無名性」という共通点を持つ女性と犬は、この小説では、類似したものとして描かれており、バレット嬢とフラッシュは、お互いに非常に似通った鏡像であるかのような機能を果たしている。「重々しい巻き毛」が「両側に垂れた」バレット嬢と同様に、フラッシュは「重々しい耳が顔の両側に垂れている」（*F* 18）。そして両者の目は、「大きく、輝いており」、両方とも大きな口をしている（*F* 18）。「二人には似通ったところがあり」、両者は共感し合っている（*F* 18）。

二人が似ているのは、その外見だけではない。スクワィアーが、「フラッシュは、身体的に彼の主人と似ているだけでなく、フラッシュのペットとしての社会的な立場はヴィクトリア朝社会における女性としての彼女の立場と並列に扱われている」（Squier 124）と述べているように、父親の前で従順な娘であることを強いられ、父権制の下で監視されているバレット嬢の立場と、鎖につながれたペットであるフラッシュは共に拘束状態にある。こうした両者が拘束されていることが与える影響は、食に対する反応に表れていて、その反応は対照的であるが、バレット嬢とフラッシュは、食をめぐる奇妙な共謀関係を築いている。

フラッシュは食べることで自身の欲望を満たしているが、それに対してバレット嬢は、食べることを拒み、拒食症的な反応を示す。病弱な彼女は寝室に閉じこもり父親の過度な監視の下にあるのだが、バレット家で出される食事もまた、父親によって監視されている。バレット氏は、毎晩、娘が食事をとったかどうか厳しく調べ、「皿が空になったか」調べることで、娘が自分に対して「従順である」ことを確認する（*F* 31）。バレット氏の「薄黒い体が近づくと恐怖とおそれの震えが、フラッシュの背骨を駆け下りていく」と表現されるほど（*F* 31）、皿を調べるバレット氏の姿は威圧的である。さらにバレット家では、家の中で「焼けた骨付き肉やたれのかかった鶏肉の匂い」（*F* 15）が漂い、「丸々とした羊の肉」や「鶉の肉」（*F* 30）が食事に出されている。

母親の死により、父権的な雰囲気の強いバレット家では、それを支えるように肉中心の男性的といってもよい食事が出される。(2) 彼女にとってこのような食事をとることは、苦痛でしかない。バレット嬢は、「食べることに大変うんざり」し、「夕食のために出された丸々と太った羊の切り身や鶉の手羽や鶏肉を見て少しため息をついて」、「ナイフとフォークをもてあそんでいる」（*F* 30）。このようにバレット嬢は、食べ物に対して嫌悪を示し、食事をとることを拒否し、拒食症的な症状を示している。

拒食症的なバレット嬢とは対照的に、フラッシュは、食べ物に依存し、食べることでペットとして部屋に拘束され、自由に行動することが出来ないことによるストレスを解消する。バレット嬢が、フラッシュと「二人だけ」になり「フォークを」「鶏肉の手羽に突き刺し」フラッシュに「合図を送る」と、フラッシュは「何の痕跡も残さず」、「手羽を片付け」「飲み込む」（*F* 30）。バレット嬢は、出された食事をとることを拒否し、その食事をフラッシュに食べさせることで、バレット氏の目をごまかしている。このように二人は、共謀関係にあり、両者は食べ物によって、ますますその絆を深めている。フラッシュは、バレット嬢と彼の間には、「絆、気詰まりだがぞくぞくするような結びつきがある」と感じ、彼女のために外へ出て自由になりたいという「彼の性質の最も自然な本能をあきらめ、制御し、抑圧する」(F 25)。さらにフラッシュは、バレット嬢から食べ物が与えられるのではない限り、食べることを拒む(F 33)。このように食べ物と愛情によって強く結びついた二人の関係は、母乳を与える母親と乳児の関係になぞらえることが出来るだろう。

しかしながら父権的な父親という共通の敵と対抗するという、食をめぐる奇妙な共謀関係の上で成立していた両者の共依存関係は、終わりを迎えようとしている。それは「フードをかぶった男」(F 37) すなわちロバート・ブラウニングが出現するためである。それまで食事をとることを拒み、その食事をフラッシュに与えていたバレット嬢であったが、ブラウニングを愛するようになり、彼が現れてからは、フラッシュの庇護なしに、「鶏肉を骨まで」残さずに食べるようになり、フラッシュは「芋のかけらや皮」のおこぼれももらえなくなる (F 39)。そのためフラッシュは、エリザベスの愛情を奪う「宿敵」であるブラウニングに嫉妬し、噛みつく。

しかしフラッシュは、次第にブラウニングを受け入れざるを得なくなる。それはブラウニングが持ってきたケーキを食べることを通して示される。フラッシュは、「敵によって与えられたので、ケーキが新しいうちには、食べることを拒否」する(F 48)。というのもそれが古くなることにより、そのケーキは、「敵が友人に変わり」「憎しみが愛に変わった」ものとして、食べられるものに変化するからだ (F 48–49)。フラッシュは、このケーキを食べ、ブラウニングへの嫉妬心を抑える。

そして父親の代理としてのブラウニング氏への「敵意を愛情へと変化させる」（*F* 48）ことで、自身のエディプス・コンプレックス的な感情を克服しようとするのである。[3]

これまで見てきたように『フラッシュ』は、主人公が様々な体験を通して成長するというビルドゥングスロマンのような側面を持っている。しかしこの物語は、フラッシュがエディプス・コンプレックスを克服し、父権的価値観に順応することで、子犬から成犬に精神的に成長するという単純な構造にはなっていない。注意すべきは、フラッシュが社会化された後も、彼は父権的価値観に完全に染まるわけではないということである。

フラッシュは、社会化されたことで、父権的な階層構造を知り、犬である自分がその中でどのような位置づけをされているのかということに気づく。そしてフラッシュとバレット嬢の間の絆は、動物と女性という社会的な弱者であるお互いの立場によって深められる。フラッシュは、誘拐事件の後、誘拐された自分を見捨てようとした男性たちの「笑顔の裏に裏切りと残忍さというつわり」があると確信し、彼らを「もはや信用していなかった」（*F* 67）。そして弱者を切り捨てようとする男性たちへ不信感を抱くと同時に、危険をかえりみず自分を救ってくれたバレット嬢への愛情をますます強めている。

動物と女性であるフラッシュとバレット嬢の立場は、しばしば入れ替え可能である。例えばフラッシュが誘拐された際、彼女は、「もしフラッシュが殺されて、恐ろしい小包が送られて、彼女がそれをあけるとフラッシュの頭と足が出てきたとしたら」と、フラッシュが切り刻まれることを危惧している（*F* 61）。さらに彼女は、「もしも強盗が私を誘拐して、彼らの手の内にあって、私の耳を切り取って、郵便でニュークロスまで郵送すると脅したら」（*F* 62）と、誘拐されて切り刻まれた自身の姿をフラッシュと重ねている。このように父権制社会において、家庭の中で、父や夫や兄弟といった男性たちに保護されている女性もまた、彼らの価値のある所有物であり、誘拐され、金銭を要求するためのゆすりの対象物になりうる点で、ペットとして飼い主に、保護され、所有されている動物と類似しているのだ。(4)

さらにここで注意しておきたいのは、フラッシュが誘拐された後、連れて行かれる場所がホワイトチャペルであることである。スクワィアーが指摘しているように、ここは切り裂きジャックによって五人の売春婦が殺された場所としてよく知られており、殺された後、肉片となって郵送されるというこの切り刻まれた身体のイメージは、切り裂きジャックの事件を連想させるものである。(5) このことは、女性と動物がともに男性たちの暴力にさらされ、傷つきやすいものであることを示している。そして男性優位の社会で、社会的な弱者である女性と動物の類似は、バレット嬢とフラッシュを強い絆で結びつけている。

3　視覚中心主義

このように見た目や社会的な立場が類似したバレット嬢とフラッシュであったが、『フラッシュ』ではその差異も描かれ、犬独自の感性も提示されている。それはとりわけ人間の視覚中心主義と犬の世界の臭覚中心主義との対比にある。

フラッシュとバレット嬢には大きな違いがあり、「両者の間には隔てる大きな溝」があった（*F* 18–19）。バレット嬢は話せるが、フラッシュは話せないということである（*F*19）。さらに両者の大きな違いは、知覚手段の違いである。彼女が「見るところを、彼は匂いを嗅ぎ、彼女が書くところを彼が匂いを嗅ぐのだ」（*F* 85）。バレット嬢が視覚情報により知覚する一方で、フラッシュは匂いにより知覚しており「愛」や「宗教」「美」などの思想もまた「鼻の奥の襞のついた管を通って」知覚されるのである。フォイアスティンの指摘にあるように、フラッシュの認識において匂いが重要な役割をしているのだ。

注目すべきは、フラッシュの知覚手段は、バレット嬢の教育により、臭覚から視覚による知覚手段に変わっていくことである。ミットフォード家で本能のままにのびのびと育ったフラッシュは、バレット嬢の「寝室での教育」によって、「最も激しい彼の自然の本能を断念し、押さえつけ、押し殺す」ことを学習し（F25）、吠えたり唸ったりする「犬のたくましさ」よりも「猫の静けさ」や「人間との共感」を好むようになる（F32）。そして教官であるバレット嬢への愛情の証として、「世界全体は自由であるにもかかわらず、彼女の側に横たわるためにウィンポール街の匂い全てを奪われることを選ぶ」（F26）のだ。

フラッシュの「能力をさらに高め、教育する」ために、バレット嬢は、見たものを分析し、その本質を見抜くことを教える（F32）。例えばバレット嬢は、鏡の前にフラッシュを立たせ、自分自身を見つめ、自己とは何か考えさせる（F32）。このような「見ること」を通して得られる視覚情報によって考えるというバレット嬢の教育は、実を結ぶことになる。そしてのちにフラッシュは、バレット嬢の観察者としてバレット嬢の仕草、表情を読み取り、家族が誰もバレット嬢の変化に気づいていないにもかかわらず、ブラウニング氏との逢瀬がバレット嬢に与える内面の変化を正確に理解するのだ。

このようにフラッシュは、バレット嬢の観察者となり、彼女の動作を観察し、視覚により他者を把握することを学習している。しかし視覚による鋭い観察力を身に着ける一方で、フラッシュは、人間社会の視覚中心的な価値観によって縛られてしまう。

ロンドンの犬の社会の階級制度もまたそうした人間社会の視覚中心主義から影響を受けている。ロンドンのウィンポール街に引き取られ、住むうちに、フラッシュはロンドンの犬たちの中には、厳密に分かれた階級があることに気づく。

注意すべき点は、犬たちのこうした階級を分ける基準が見栄えという人間によって作られた視覚重視の尺度に基づいているということである。例えばフラッシュの犬種であるスパニエル犬の優劣を決めるスパニエル・クラブという団体が存在し、人間の審査員たちによる犬を識別する規定が定められている。

スパニエルの真価となる点も、等しく定義されている。その頭部は鼻先からあまりはっきりした曲線を描かずになだらかに盛り上がっていなくてはならない。頭蓋骨はかなり丸みを帯び、よく発達していて能力ある頭脳を容れるものとしてじゅうぶんのゆとりがなくてはならない。眼はまるくなければいけないが、ぎょろぎょろした眼玉ではだめだ。全体の表情は利口そうで穏やかでなくてはならない。こういう美点を示すスパニエル種は、奨励を受けて、種犬にされる。逆毛と薄色の鼻を代々生み続けるスパニエル種は、スパニエル犬たる特権と報酬とを打ち切られる。このように審査員たちは法規を定め、罰金を課し、特権を与えて、法規が守られることを確実にしたのだ。

（*F* 7; 四頁）

このスパニエル・クラブの規定には、劣った種を排除し、優れた種のみを繁栄させようとする優生学の影響が見られるが、その優れた種としての判断基準となっているのは、犬の見栄えである。良いスパニエルは、毛並み、頭の形や目の色や形がよく、優れた表情が求められる(F7)。そして「こうした美点をすべて兼ね備えたスパニエル」は種をはぐくむことができるが、そうでないものは、スパニエル・クラブの「法」によって罰せられ、「特権と報酬を打ち切られ」種を残すことができず、淘汰されてしまうのだ。グレイハウンドは王族、スパニエルは紳士階級、ハウンドは地主階級と人間の階級制度に擬えられた犬の品種による階級に加え、犬の見た目による優劣により階級的な位置づけが決まる。そしてもともと人間たちが定めたこの見た目による判断基準は、犬たちの社会に浸透している。

ロンドンの犬たちには階級による違いがあることを知ったフラッシュは、家に帰るとすぐに、自分の姿を鏡に映し観察し、階級的な位置づけを確認しようとする。

　フラッシュは、その夏が終わらぬうちに、犬同士の間にも平等はないのだとわかった。ある犬たちは身分が高く、ある犬たちは身分が低いのだ。それでは、ぼくはどっちなんだろう? フラッシュは家へ帰るとすぐに、わが姿を鏡に映して注意深く調べた。ありがたい、ぼくは生まれも育ちもよい犬なんだ! 頭はなだらかで、眼は飛び出しているが、どんぐり眼ではなく、脚は房毛が生えている。ウィンポール街随一の育ちのコッカーと同等なんだ。彼は自分が水を飲む紫色の水入れを、満足そうに眺めた——そういうものが、上流社会の特権だ。フラッシュは静かに頭を下げて、鎖を首輪につけさせる——これはその刑罰なんだ。

（*F* 23; 二九—三〇頁）

フラッシュは鏡を通して、自分が「ウィンポール街で最良なコッカー・スパニエル」であることを見て取る。幼児が鏡を通して自己を認識し、社会化する過程は、ラカンにより「鏡像段階」と呼ばれるが、フラッシュの幼少期のこの場面でも、鏡像はフラッシュにはじめて自己認識させる役割を果たしている。そしてこの視覚による自己認識を経て、フラッシュは、社会化されるようになるのだ。

さらにフラッシュは、階級制度の仕組みについても理解していく。最良の階級にある犬の特権とは、安全な場所で「紫色のかめで水を飲む権利」などの生活の保証であり、その代償となるのは「鎖と首輪」に縛られることである。この代償を払わないで外に出ると、フラッシュがされたように盗賊たちに貧民窟へと誘拐され、命の危険にさらされてしまうのだ。このようにロンドンの犬社会の階級制度は、スパニエル・クラブの規定や特権と罰によって機能しているのだ。

4 「匂いの世界」

視覚による観察力を身に着けたフラッシュであったが、人間社会の視覚中心主義に影響された価値観は、犬本来の本能を抑制し、自由を奪いフラッシュを縛る「見えない鎖」ともなっていた。実際にフラッシュは、視覚による知覚を手に入れるのと引き換えに、犬の本能として備わっていた臭覚や聴覚などの他の五感による知覚を抑圧されてしまう。しかしフラッシュが成犬になった後、再び犬本来の本能を取り戻し「匂いの世界」に回帰していくことになる。これは、バレット嬢がブラウニング氏とイタリアに駆け落ちした後、フラシュもイタリアに住むことになり、イタリアの犬社会がフラッシュに大きな変化を与えたためである。

ロンドンの犬の社会とは異なり、イタリアの犬たちは全て「雑種」と見なされ、見た目や階級により区別されず平等である。フラッシュは最初、雑種の群れの中の唯一の貴族であるかのような孤独感を感じていた。しかし徐々にイタリアの犬の社会に溶け込んでいく。さらに高貴な血統の証である豊かな毛を失ったことも、フラッシュの階級意識を薄れさせることとなる。フラッシュは、強力な蚤《のみ》にたかられたため、ブラウニング氏に毛を刈られ、自らの毛という階級の衣を失う。それにより彼は、イタリアの雑種犬の一員となり、視覚中心的価値観の呪縛か

ら解き放たれるのだ。(5)

鎖と首輪でつながれ自由を奪われたロンドンの生活とは異なり、イタリアでは、犬は鎖につながれることなく外を自由に飛び回ることができる。「彼の人生で最も充実していて最も自由で幸せだったこの時代に、フラッシュにとってイタリアとは次々に漂ってくる様々な匂いのことだった」(*F*86)とあるように、フラッシュは、こうした開放的で自由な環境の中で、本能のままに匂いの世界を満喫している。

しかしフラッシュが生活しているのは、たいがいは匂いの世界なのだ。恋は主に匂いである。形も色彩も匂いである。音楽、建築、法律、政治、科学、すべて匂いである。彼にとっては、宗教そのものも匂いである。(*F*86;一二三頁)

「匂いの世界」を生きるフラッシュにとって、愛や音楽、建築、政治、科学、宗教は全て匂いから構成され、匂いによりそうした思想が形成されているのだ。

このようにフラッシュは、イタリアでの匂いの世界に浸り、匂いにより知覚することで、人間社会の視覚中心的な価値観とは異なる、犬独自の思想世界を謳歌している。フォイアスティンは、「主に匂いという手段によって機能しているフラッシュの犬の認識を通して、この小説を読むことは、視覚の権威づけや単に見ることを通して知り理解する能力に対する、帝国主義的信念に挑戦している」(Feuerstein 32) と述べているが、ウルフは、人間世界の視覚中心主義と犬の「匂いの世界」を対比させ、豊かな犬の匂いの世界を描き出すことで、動物と人間の間の優劣を解消し、人間中心主義に異議を唱えている。(6)

5　匂いを嗅ぐ、匂いを書く

バレット嬢と言葉を話すことのできないフラッシュを隔てていた人間と犬の知覚認識の溝を埋めるために、ウルフは『フラッシュ』で匂いを書きとることを試みている。それが人間の言語と文字による視覚認識と犬の臭覚認識を融合することで提示された、「匂いの世界」を生きる犬独自の思考の文体表現である。さらにフリントは、ウルフが『フラッシュ』を通して「人間と動物の間の伝統的な階層を崩そうとしている」(Flint xxv) と述べているが、それは匂いの言語化を通してなされている。例えばフラッシュがロンドンで階級意識を持ち、社会化される以前の場面で、フラッシュの匂いによる知覚が鋭利に描かれている。

しかし、この時もまた、彼を圧倒したのは、部屋の匂いだった。ここに学者がひとりいるとしよう。彼は古代の霊廟へ一歩一歩降りて行き、そこで自分が地下の納骨堂にいるのを発見する。そこにはきのこがびっしり生え、かびでぬるぬるし、古代の遺物の朽ちたすっぱい匂いがにじみ出ている。一方、なかば顔形の消えかかった大理石の胸像が中空に浮かぶように光り、すべてのものは、彼が手にしている小さなランプの揺れる光で、ぼんやり見えるだけだ。そして、ランプをひょいと下げたり、ぐるりとまわしたりしては、ここかしこと見まわしている――このような、滅びた都市の埋もれた墓穴の探検者の感情のみが、フラッシュが初めて、ウィンポール街の病弱な女性の寝室に足を踏み入れ、オーデコロンの香りをかいだとき、彼の神経にみなぎった感情のほとばしりと比べることができよう。（*F* 16; 一九―二〇頁）

この場面で、初めてバレット家にやって来たフラッシュは、バレット嬢の部屋に降り積もった匂いの層に圧倒されている。そして彼は、かび臭い古い霊廟を発掘する学者のように、匂いの地層をかき分け、その中でバレット嬢の身に着けているオーデコロンの香りを嗅ぎ取る。さらに貧民窟に誘拐された時、フラッシュは、このバレット嬢の部屋のオーデコロンの香りを「はっきりとしたイメージ」として思い出すのだ（*F*58）。このように匂いとフラッシュの記憶は、密接に結びついている。

さらに実体を持たない匂いを表現するために、ウルフは、臭覚を味覚や触覚などの他の感覚と混ぜ合わせ、匂いに実体を与えている。

しかしフラッシュはフィレンツェの通りへぶらぶら出かけて行って、有頂天になって匂いを楽しむ。匂いによって大通りや裏道、広場や横丁を縫うように通って行く。匂いによって道を嗅ぎ分ける。荒っぽい匂い、なめらかな匂い、暗い匂い、明るい光の匂いを。（…）この暑い日向で眠り――石は日向でなんといやな匂いがするのだろう！　あのトンネルの日陰を求める――日陰の石はなんと酸っぱい匂いがするのだろう！　熟れた葡萄の房をいくつもむさぼるように食べるのは、主にその紫色の香りのためである。イタリア人のおかみさんがバルコニーから投げ捨てた山羊のがらやマカロニを、フラッシュは噛んでは吐き出す――山羊とマカロニはざらざらした匂い、真っ赤な匂いだ。（…）つまりフラッシュはこれまでどんな人間も知らなかったようなフィレンツェを知っているのだ。ラスキンやジョージ・エリオットさえも知らなかったようなフィレンツェを。フラッシュは口のきけないものだけにわかるフィレンツェを知っているのだ。無数にある彼の感覚のうち、何ひとつ甘んじて言葉にゆがんだ形に変えられたりしていない。

（*F* 87; 一二三－一二四頁）

ここでは熟れたブドウの香りは、「紫色の香り」であり、山羊のがらやマカロニは、「ざらざらした匂い、真っ赤な匂い」（F 87）と表現され、共感覚的に臭覚と視覚、聴覚、触覚などを合わせて使うことで、ウルフは匂いに輪郭を与えている。

注目すべきは、匂いを表現することがいかに新しい表現の可能性を秘めているかをウルフが『フラッシュ』で明らかにしていることである。例えば、語り手はフラッシュの「無数にある彼の感覚のうち、何ひとつ甘んじて言葉にゆがんだ形に変えられ」ておらず、どのような人間も知ることのできなかった犬たちだけが知覚できる世界をフラッシュは知っており、ラスキンやジョージ・エリオットのような偉大な作家たちさえも、そのような知覚世界を書きとどめていない（F 87）と述べ、匂いをはじめとする感覚がいかにこれまで言葉で表されてこなかったのか指摘している。

さらに人間の言葉では、「私たちが嗅ぐ匂いについては、二語か一語半しかない。特に人間の鼻は存在しないようなものだ。世界の偉大な詩人たちでさえ、一方にはバラの花の匂いをもう一方には糞の匂いを嗅いだに過ぎない。両者の間にある数限りない匂いの段階は記されていない」（F 86）という語り手の主張は、従来の作家たちがあまり注目してこなかった臭覚などの感覚を表現することで、新しい表現方法を探っている作者の姿を暗示させるものである。

さらに言葉を話すことのできない犬たちの非言語的な知覚世界を言語で表現することは、女性たちの流動的な無意識を描くというウルフのモダニズム的な文体実験にも通じているように思われる。ウルフの感覚表現に注目したフォースターは、ウルフは「野蛮なことをしながら理想ばかり唱えているこの時代に、感覚の重要性を改めて教えてくれる」と述べ、感覚表現に込められたウルフの実験の新しさを指摘している（Forster, "Virginia Woolf" 121）。その中で、フォースターは、ウルフの感覚表現で、食べ物を描く際の味覚や触覚の描写や聴覚の表現を取り上げているが、このことは、精神と身体という二項対立において、精神性を優位とする父権社会での従来の視覚中心主義に対するものとして、身体性と結びついた臭覚・味覚・触覚・聴覚といった感覚の重要性をウルフが提示していることを示唆している。

そして『フラッシュ』は、ウルフは、臭覚を言語化することで、人間とは異なる犬の意識を表現し、ウルフが「無名なものの人生」と呼ぶ社会の周縁にいるものの人生に脚光を当てている。こうした「無名なもの」の人生を描くことは、女性や動物たちを社会的弱者として排除してきた父権制度への批判でもある。このように『フラッシュ』での味覚や臭覚を描く文体実験には、父権制度や人間中心主義への批判が込められているのだ。

コラム（5）　野菜畑でご瞑想？

ウルフの『ダロウェイ夫人』（一九二五）を読むと、野菜を使った比喩が意外と多いことに気づく。『ダロウェイ夫人』の冒頭部分には、「野菜畑でご瞑想？」（*MD* 3）という言葉がある。この言葉は、キャベツ畑で、考え事にふけっている若き日のクラリッサをからかったピーター・ウォルッシュのユーモアに富んだ言葉である。「人間よりカリフラワーの方が好きだ」（*MD* 3）のように、クラリッサの記憶の中で、ピーターについての思い出は、野菜と結びついているのだ。

『ダロウェイ夫人』の野菜を使った他の言葉に、**"as cool as a cucumber"**（*MD* 61）がある。これは、「冷静に」、「落ち着きを払って」という意味の慣用句だが、キュウリを使ったこの比喩はどことなくユーモラスで、初めてこの小説を読んだときに、強く印象に残った。

このキュウリだが、一九世紀、二〇世紀初めのイギリスでは高価で、バターを塗り、キュウリをはさんだだけのサンドウィッチは高級品であり、これを茶会に出せる貴族の家は一目置かれたという。オスカー・ワイルドの『真面目が肝心』（一八九五）でも、茶会の目玉として使用人が用意したキュウリのサンドウィッチを客人に出す前に、主人が食欲に負けて我慢できず食べてしまうという場面がある。イギリスのこうしたキュウリの高騰は、イギリスの土地と気候では、キュウリが育ちにくいということが影響していると言われ

図 11　自宅の庭にいるレナード・ウルフ
（出典：Caroline Zoob, *Virginia Woolf's Garden*. p.47）

ている。

季節を問わず、一年中、様々な野菜が手に入る現在の日本とは異なり、新鮮な野菜が貴重品だった時代に、そうした野菜を食べるために、一九世紀末や二〇世紀初めのイギリスで、貴族のお屋敷では、温室や野菜畑で野菜を栽培していた。

ブルームズベリー・グループのメンバーもまた野菜畑や温室で野菜を育て、野菜を自ら調理し、客人に振舞うこともあったという。とりわけ戦争中、食料が手に入りにくかった際に、こうした野菜畑は、食料の不足する食卓を補い、大いに役立っていた。ブルームズベリー・グループでとりわけ野菜作りに熱心だったのは、ウルフの夫のレナード・ウルフ、ラルフ・パトリッジ、デイヴィッド・ガーネットである（Rolls 16, 306）。

レナードは、ガーデニングが趣味であり、野菜作りにも没頭していた。ウルフ夫妻の終の棲家となる、モンクス・ハウスに引っ越した後で、レナードは、初めて本格的に取り組む庭づくりに魅了された。彼は、庭で季節ごとに、色鮮やかな花を育て、野菜や果物を栽培し、食料不足であった戦争時には、地域の住民に自家製の野菜や果物を差し入れしたこともあったという（鈴木一一四ー一一五頁）。

彼によって育てられた果物や野菜は、地域の品評会で賞をとるほど出来が良く、時に地域の市場でも売られ、家計の足しにもなっていた（Zoob 156）。彼は、こうした自家製のとりたての野菜で特製スープを作り、ウルフ夫妻は旬の野菜を楽しんだのだ（Rolls 306）。そして庭で収穫されたフクサスグリやラズベリー、イチゴなどの果物は、ヴァージニアにより、ジャムやコンポートにされ、瓶詰めされ、食器棚に飾られていた（Zoob 156）。戦争中、配給が乏しく砂糖が手に入れにくかった際に、レナードは、蜂蜜を得るために庭にハチの巣箱を置き、養蜂さえしていたという（Zoob 149）。

図 12　自宅の庭にいるヴァージニア・ウルフ
（出典：Caroline Zoob, *Virginia Woolf's Garden*. p.47）

ヴァージニアはこのような言葉を残している。「私たちは庭にいたら安全で、私ができることは、庭をレナードに任せておくことなの」(Zoob 132)。

ヴァージニアは、庭いじりをあまりしなかったそうだが、庭の花々は彼女の創作の源ともなり、心の安らぎを求めて野菜畑で瞑想にふけっていたのかもしれない。

注

第1章

『ダロウェイ夫人』の日本語訳については丹治愛のものを引用、参照した。日本語訳の引用中の［　］については著者が新たに加えた。

（1）「安静療法」は、アメリカの女性作家のシャーロット・パーキンス・ギルマンが受けたことで知られている。ギルマンはその治療の過酷さを、『黄色い壁紙』で抗議を込めて書いている。

（2）『ダロウェイ夫人』と優生学との関わりについては、デイヴィッド・ブラッドショー（Bradshaw xxiv–xxix）やドナルド・J・チャイルズ（Childs 38–57）、ウィリアム・グリーンズスレイド（Greensslade 211–233）、武田美保子を参照（武田「『ダロウェイ夫人』のひきつり――優生学言説と小説技法」一三三―一五二頁）。またこの優生学は、一九世紀後半に流行し、ウルフの同時代の作家たちも強い影響を受けた思想である。この点については、グリーンズスレイドや加藤洋介を参照。

（3）『ダロウェイ夫人』の階級意識の問題については、アレックス・ズワァードリング、市川緑、遠藤不比人が論じている。

（4）食欲は、しばしば小説の中で、性欲と結びつけて描かれる。小説の中の食欲と性欲との関わりについては、トマス・C・フォスターを参照（Foster 7–21）。

（5）キルマンの食欲と性欲との関わりについては、加藤めぐみ（加藤 九八頁）や高井宏子（高井 一〇九頁）も指摘している。

（6）グレニーによると、ウルフは安静療法の治療によって、一九一三年の一〇月に八ストーン七ポンド（約五三・九五キログラム）であった体重が、一九一五年の十月には、十二ストーン七ポンド（約七九・三五キログラム）まで増えていたという。ウルフの身長に対する平均体重が九ストーン（約五七・一五キロ）から九ストーン七ポンド（約六〇・三キログラム）であったことを考えると、これほど体重を増やす必要があったのかとグレニーは疑問を示している（Glenny 61）。

（7）グレニーは、義兄によってウルフに性的虐待が行われた場所が、「夕食用の皿を入れるための棚だった」ことを指摘し、ウルフの摂食障害と性的虐待の関わりについて述べている（Glenny 17）。

（8）ショウォルターは、「安静療法」は当時、「非常に女性的な治療」であり、シェル・ショックの男性患者の治療としては効果がないと考えられていたことを指摘している（Showalter, "Introduction." xli-xlii）。

（9）拒食症を経験したことのある内海真知子は、拒食症であった時、「生きるすべてが食事になった。生きる目的も食事、楽しみも食事、辛いのも食事（…）食事時間を中心に生きている」（内海 一〇七頁）と述べている。このように、今日では、摂食障害としての拒食症も過食症も、共に食べることにとらわれた病であると考えられている。この点については、上原徹、下坂俊一、野間幸三を参照。

第2章

『灯台へ』の日本語訳については御輿哲也のものを引用、参照した。

（1）このジェイムズの成長過程は、ジャック・ラカンの言うところの母的な非言語的審級である「想像界」から言語や法が支配する父的審級である「象徴界」への移行とみなしうる。

（2）ウルフは両性具有性について『自分だけの部屋』で言及している。ウルフは、理想の作家の精神を「男性的で女性的な精神」である「両性具有の精神」としており、そうした精神を持った作家としてウィリアム・シェイクスピアの名前を挙げている。「両性具有」の精神とは、もともとサミュエル・テイラー・コールリッジが述べたものであるが、ウルフは文学と両性具有の精神の関係について『自分だけの部屋』で論じている（*AROO* 128–129）。

第3章

『オーランド』の日本語訳については杉山洋子、『自分だけの部屋』は川本静子のものを引用、参照した。

（1）武田美保子は、『オーランド』による衣装とジェンダーの関係をジェンダー批評とクィア批評の観点から論じている（武田『〈新しい女〉の系譜――ジェンダーの言説と表象』二四三―二五四頁）。ステラ・ブルッツィは、『オーランド』のテクストと翻案映画（一九九二）での衣装の表象について、ジェンダーの観点から分析している（Bruzzi 194–199）。

（2）オーランドは、ウルフの友人であり恋人であったヴィタ・サックヴィル＝ウエストをモデルにしており、オーランドの両性具有性は、ヴィタの両性具有的な性質とも関係している。

第4章

カニンガムの『めぐりあう時間たち』の日本語訳については高橋和久、マーガレット・フォースターの『侍女』は翻訳工房りぶろのものを引用、参照した。

（1）使用人問題については、川村貞枝と小林章夫を参照。またウルフとネリーをはじめとした使用人との関係は、ライトを参照。

（2）こうしたイギリスの使用人文化の繁栄と衰退は、上流階級のお屋敷の執事を主人公にし、その視点からかつて全盛期にあったダーリントンホールの栄光とその没落を描いたカズオ・イシグロの『日の名残り』（一九八九）に見ることができる。またBBCのドラマ『ダウントン・アビー』シリーズは、二〇世紀初めの貴族の屋敷を舞台とし、貴族と貴族に仕える使用人たちの両方の視点で構成され、使用人文化の移り変わりや戦間期周辺の使用人問題を詳細に映し出している。

（3）松本は、クルルとクラリッサの対立には、同性愛者間の「階級闘争」ともいえる同性愛者の世代間の対立が反映されていると指摘している。「ブルジョア・ボヘミアン」であるクラリッサの裕福でセレブな暮らしに対して、クルルはその「ブルジョア根性」を批判し、さらにサリーとのパートナー関係に見られる「夫婦気取りで同棲暮らし」を「時代遅れ」だと非難している。一方、クィア理論を説き、活動家として権力に反抗するクルルは、クラリッサから見るとラディカルで「左翼的」であり、女性らしさや性役割に捉われることがない（松本 九九－一〇三頁）。このようにクルルとクラリッサの間には、貧富の差に加え、世代間の溝が生じているのだ。

（4）家庭教師の立場のこうした階級的な不安定性は、シャーロット・ブロンテ『ジェーン・エア』（一八四七）などに見ることができる。イギリス文学での家庭教師の表象については、川本静子を参照。

（5）こうした階級意識は、当時の支配階級のほとんどの人々が抱いていた感情であり、ウルフ自身も階級意識と無縁ではなかった。ウルフと親交の深かったE・M・フォースターは、彼女には「俗物（snob）」的なところがあり、「労働者階級と労働」に対しては「冷淡」で、ウルフが上流階級の「淑女（lady）」であることは、彼女の社会への見方をゆがめている」と、ウルフの描く世界が支配階級に限定されていることやウルフの階級意識の強さを指摘している（Forster, "Virginia Woolf" 250–251）。

（6）『ダロウェイ夫人』の翻案映画では、キルマンは中年のさえない独身女として登場し、小説での強烈な存在感が無力化され、クラリッサと他の使用人の関係をより堅固なものにしている。

（7）シャーン・エヴァンズは、使用人たちにとって「目に見えない存在でいることは、絶対的厳守事項」で、彼らは「目上の人々に直接仕えていないときは、目立たないように背景に溶け込んでいなければならなかった」（Evans 24；二四一－二四二頁）と指摘している。雇い主と使用人の関係において、多くの場合、使用人は雇い主から話しかけられるまでは雇い主に声をかけることはなく、使用人たちは屋敷の中で存在しているが存在していないように振る舞い、黒子のように目に見えないかのような存在として振る舞うことが求められていた。

第5章

（1）ウルフやブルームズベリー・グループの人々が食べた料理や作った料理のレシピとそれにまつわる詳細についてはロールズの本が詳しい。

（2）BBCのドラマ『ダウントン・アビー』シリーズは、二〇世紀初めの戦間期のイギリスを舞台にしており、貴族社会と階級制度の繁栄と衰退を描いている。ドラマでは、使用人問題により、使用人の給料が高騰したため、お屋敷の使用人の数を減らす場面がある。また作中でも、それまでのように従順でなくなった使用人との関係に悩む女主人が登場している。

（3）ウルフと使用人の関係については、ライトを参照。

第6章

フォースター『ハワーズ・エンド』の日本語訳については、吉田健一訳を、ロレンス『チャタレイ夫人の恋人』については、伊藤整訳を、ジョイス『ユリシーズ』の日本語訳については、丸谷才一、永川玲二、高松雄一訳を、引用、参照した。

（1）ライトは使用人に頼りきっていた当時の女性たちが、料理や掃除といった家事能力がほとんどなかったことを指摘している（Light 233–234）。モダニズムの時代の作家であるアガサ・クリスティーは、第一次世界大戦後に家の財政が悪化した際に、料理や掃除、洗濯などの家事をした経験を回想し、家事をすることは、「気持ちを安らかにし」、「創造的で」楽しかったと家事を始めた際の心境を語っている（Christie 326–327）。

（2）ブルームズベリー・グループの家事をする男性たちについては、ロールズ（Rolls 103, 139）やライト（Light 185）に詳しい。

（3）「新しい女」と「新しい男」の関係については、武田（武田『〈新しい女〉の系譜――ジェンダーの言説と表象』一七五―二一二頁）を参照。

（4）ジョイスの『ダブリン市民』の短編「死者たち」のこの晩餐会の場面で、その日のご馳走の目玉として登場するのが狐色にこんがりと焼かれたがちょうの丸焼きである。ガブリエルはこの丸焼きを切り分け、客人たちをもてなす。この料理のレシピについては、ジョイス小説に登場する食べ物のレシピを集めた、アームストロングの『ジョイスの料理――ジェイムズ・ジョイスのダブリンの食べ物と飲み物』で紹介されている（Armstrong 72）。

（5）「食べさせる女」と「食べる男」という食の性別役割分担については、坪井秀人を参照（坪井 四五二―四六〇頁）。

第7章

『ユリシーズ』の日本語訳については、丸谷、永川、高松のものを引用、参照した。

（1）ジョイスは、『ユリシーズ』を創作するため計画表を作っている。その計画表には、各挿話の表題、時刻、器官、学芸、色彩、象徴などが分類されている。この表とその詳細については、結城英雄（結城『「ユリシーズ」の謎を歩く』二二一―二三頁）が詳しい。

第8章

『フラッシュ』の日本語訳については、出渕敬子のものを引用、参照した。

（1）ジャック・デリダは、『動物を追う、ゆえに私は（動物）である』で動物の視点について分析し、西洋社会がいかに人間中心的な観点から動物を人間より劣ったものとみなしてきたかを検証し、人間中心主義に対する絶対的な他者としての動物の視点の重要性について訴えている。デリダはそうした動物の視点について考察するきっかけとして自らの裸体を飼い猫に見られた経験をあげ、動物という他者のまなざしを通して「人間的なもの」の限界を見つめ直した（デリダ 三三頁）。

（2）父権社会の権力と肉食の結びつきについては、キャロル・J・アダムズを参照。

（3）ウルフ自身が『フラッシュ』に付けた注の中で、ウルフは「犬の心理（canine psychology）」（*F* 114）について言及しているが、彼女は、フラッシュの心理を描く際、ある程度は、人間の心理に重ね合わせており、こうした心理描写には、ジークムント・フロイトの影響もうかがえる。

（4）ケイト・フリントは、フラッシュが誘拐され、ゆすりの対象となる際、血統書つきで、繁殖させることが可能であるフラッシュが、「経済的な交換物」として価値があることを指摘している（Flint xxii）。

(5) これに加え、フラッシュとバレット嬢の関係の変化も、フラッシュの内面に影響を与えている。ブラウニング夫人となり、一児の母となったバレット嬢にとって、以前ほどフラッシュは重要な存在ではなくなり、フラッシュとブラウニング夫人の間の共依存関係は弱まっていく。そして夫や子供との関係や文筆活動を重視するブラウニング夫人を受け入れ、フラッシュもまた現地の犬たちとの間の関係を重視するようになる。

(6) ジュリアン・ビアは、『フラッシュ』の匂いの働きの重要性について言及し、フラッシュが知覚する匂いから貧富の差などの階級制度の階層を嗅ぎ取っていることを指摘している(Beer 102–103)。

参考文献

Abel, Elizabeth. *Virginia Woolf and the Fictions of Psychoanalysis.* UP of Chicago, 1989.

———. "'Cam the Wicked': Woolf's Portrait of the Artist as her Father's Daughter." Mrs Dalloway *and* To the Lighthouse, edited by Su Reid. Macmillan P, 1993.

Adams, Carol J. *The Sexual Politics of Meat: A Feminist—Vegetarian Critical Theory.* The Continuum International Publishing Group, 1990.

Adams, Maureen. *Shaggy Muses: The Dogs Who Inspired Virginia Woolf, Emily Dickinson, Elizabeth Barrett Browning, Edith Warton, and Emily Brontë.* U of Chicago P, 2007.

Angelella, Lisa. "The Meat of the Movement: Food and Feminism in Woolf." *Woolf Studies Annual,* vol. 17. Edited by Mark Hussey, Pace UP, 2011.

Armstrong, Alison. *The Joyce of Cooking: Food & Drink from James Joyce's Dublin*. Station Hill P, 1986.

Atwood, Margaret. *The Edible Woman.* Virago P, 2009.

Austen, Jane. *Pride and Prejudice.* Penguin, 1996.

Bauer, Dale M. "Invalid Women." *The Yellow Wallpaper.* Bedford, 1998.

Beer, Gillian. *Virginia Woolf: The Common Ground.* U of Michigan P, 1996.

Bell, Quentin. *Virginia Woolf: A Biography*. Harvest, 1972.

———. *Virginia Woolf: A Biography.*, vol. 2, Hogarth, 1975–84.

Bennett, Arnold. “Another Criticism of the New School. ”*Virginia Woolf Critical Assessments,* vol.1. Edited by Eleanor McNees, Helm Information, 1994.

Bowlby, Rachel. “Introduction.” *Orlando*. Oxford UP, 1992.

Bradshaw, David. “Introduction.” *Mrs Dalloway*. Oxford UP, 1992.

———. “Introduction.” *To the Lighthouse*. Oxford UP, 2006.

Brontë, Charlotte. *Jane Eyre.* Penguin, 2006.

Bruzzi, Stella. *Undressing Cinema: Clothing and Identity in the Movies*. Routledge, 1997.

Budgen, Frank. *James Joyce and the Making of* Ulysses. Indiana UP, 1973.

Caramagno, Thomas C. *The Flight of the Mind: Virginia Woolf's Art and Manic-Depressive Illness.* UP of California, 1996.

Caughie, Pamela L. “Dogs and Servants.” *Virginia Woolf Miscellany* 84, 2013, virginiawoolfmiscellany.files.wordpress.com/2014/01/vwm84fall20131.pdf.

Childs. Donald J. *Modernism & Eugenics: Woolf, Eliot, Yeats, and the Culture of Degeneration.* Cambridge UP, 2001.

Christie, Agatha. *An Autobiography.* Harper Collins, 1993.

Collins, Angus P. “Food in Forster: *Howards End* in the Context of the Early Work.” *Studies in English Literature.*

English Literary Society of Japan, 1992.

Cunningham, Michael. *The Hours.* Fourth Estate, 1999. [『めぐりあう時間たち』高橋和久訳、集英社、二〇〇三年。]

Delap, Lucy. *Knowing Their Place: Domestic Service in Twentieth Century Britain.* Oxford UP, 2011.

Dickens, Charles. *A Christmas Carol and Other Christmas Books.* Oxford UP, 2006.

Dick, Susan. "Virginia Woolf's 'The Cook'." *Woolf Studies Annual*, vol.3, Pace UP, 1997.

Dodd, Elizabeth. "'No, She Said, She Did Not Want a Pear': Women's Relation to Food in *To the Lighthouse* and *Mrs Dalloway*." *Virginia Woolf: Themes and Variations*, edited by Vara Neverow-Turk and Mark Hussey. Pace UP, 1993.

Ellmann, Richard. Ulysses *on the Liffey.* Faber, 1974.

Evans, Sian. *Life Below Stairs: In the Victorian & Edwardian Country House.* National Trust, 2011. [『メイドと執事の文化誌——英国家事使用人たちの日常』村上リコ訳、原書房、二〇一二年。]

Ferrer, Daniel. *Virginia Woolf and the Madness of Language.* Trans. Geoffrey Bennington and Rachel Bowlby. Routledge, 1990.

Feuerstein, Anna. "What Does Power Smell Like? Canine Epistemology and the Politics of the Pet in Virginia Woolf's *Flush*." *Virginia Woolf Miscellany* 84. Southern Connecticut State UP,2013,virginiawoolfmiscellany.files.wordpress.com/2014/01/vwm84fall20131.pdf.

Flint, Kate. "Introduction." *Flush.* Oxford UP, 1998.

Forster, Edward M. "Virginia Woolf." *Two Cheers for Democracy*. Edward Arnold, 1972. [「ヴァージニア・ウルフ」『フォースター評論集』小野寺健訳、岩波書店、一九九六年。]

———. *Howards End*. Penguin, 2000. [『ハワーズ・エンド』吉田健一訳、集英社、一九九二年。]

Forster, Margaret. *Lady's Maid*. Vintage, 2005. [『侍女』翻訳工房りぶろ訳、彩流社、二〇〇三年。]

Foster, Thomas C. *How to Read Literature Like a Professor: A Lively and Entertaining Guide to Reading Between the Lines*. Happer, 2003.

Gale Cengage Learning. *A Study Guide for Virginia Woolf's* "New Dress." Edited by Kathleen Wilson and Marie Lazzari. Gale, 2017.

Gray, Annie. The Official *Downton Abbey Cookbook*. Weldon Owen, 2019. [『〈公式〉ダウントン・アビー　クッキングレシピ』上川典子訳、ホビージャパン、二〇二〇年。]

Glasheen, Adaline. "Calypso." *James Joyce's* Ulysses: *Critical Essays*. Edited by Clive Hart and David Hayman. UP of California, 1974.

Glenny, Allie. *Ravenous Identity: Eating and Eating Distress in the Life and Work of Virginia Woolf*. Macmillan, 1999.

Gordon, Lyndall. *Virginia Woolf: A Writer's Life*. Oxford UP, 1986.

Greenslade, William. *Degeneration, Culture and the Novel 1880–1940*. Cambridge UP, 1994.

Heinz, Nadja. *Virginia Woolf "New Dress."* GRIN Verlag, 2006.

Herman, David. "Modernist Life Writing and Nonhuman Lives: Ecologies of Experience in Virginia Woolf 's *Flush*." *Modern Fiction Studies,* vol.59.3, Johns Hopkins UP, 2013.

Homans, Margaret. *Bearing the Word: Language and Female Experience in Nineteenth-Century Women's Writing.* UP of Chicago, 1986.

Hope, Anneto. *Londoners' Larder: English Cuisine from Chaucer to the Present.* Mainstream Publishing, 2005.

Ishiguro, Kazuo. *The Remains of the Day.* Faber, 1989.

Johnson, Jamie. "Virginia Woolf's *Flush*: Decentering Human Subjectivity through the Nonhuman Animal Character." *Virginia Woolf Miscellany* 84. Southern Connecticut State UP, 2013, virginiawoolfmiscellany.files.wordpress.com/2014/01/vwm84fall20131.pdf.

Jones, Clara. "Virginia Woolf's 1931 "Cook Sketch."" *Woolf Studies Annual,* vol. 20, Pace UP, 2014.

Joyce, James. *Ulysses.* Vintage, 1989. ［『ユリシーズⅠ－Ⅳ』丸谷才一・永川玲二・高松雄一訳、集英社、二〇〇三年。］

———. "The Holy Office." *The Oxford Book of Twentieth—Century English Verse.* Edited by Philip Larkin. Clarendon P, 1973.

———. "The Dead." *Dubliners.* Norton, 2006.

Langland, Elizabeth. "Gesturing toward an Open Space: Gender, Form, and Language in E.M. Forster's *Howards End.*" *Howards End.* Edited by Paul. B. Armstrong, Norton, 1998.

Lawrence, D. H. *Lady Chatterley's Lover.* Penguin, 2006. ［『チャタレイ夫人の恋人』伊藤整・伊藤礼補訳、新潮社、

一九九六年。]

Lee, Hermione. *Virginia Woolf.* Vintage, 1997.

———. "Introduction." *To the Lighthouse.* Penguin, 2000.

Levy, Heather. *The Servants of Desire in Virginia Woolf's Shorter Fiction.* Peter Lang, 2010.

Light, Alison. *Mrs Woolf & the Servants.* Penguin, 2008.

Lilendeld, Jane. "" The Deceptiveness of Beauty": Mother Love and Mother Hate in *To the Lighthouse*." *Modern Critical Interpretations: Virginia Woolf's* To the Lighthouse, edited by Harold Bloom. Chelsea House P, 1988.

Lodge, David. "Introduction." *Howards End.* Penguin, 2000.

Mansfield, Katherine. "The Garden Party." *The Garden Party and Other Stories.* Penguin, 1997.

McNichol, Stella. "Introduction." *Mrs. Dalloway's Party: A Short Story Sequence.* Harcourt, 2004.

Miller, J. Hillis. "Mrs Dalloway: Repetition as the Raising of the Dead." *Virginia Woolf Modern Critical Views*, edited by Harold Bloom, Chelsea House Publishers, 1986.

Moran, Patricia. *Word of Mouth: Body Language in Katherine Mansfield and Virginia Woolf.* UP of Virginia, 1996.

Nicolson, Nigel. *Virginia Woolf.* Weidenfield & Nicolson, 2000.

Nordau, Max. *Degeneration.* UP of Nebraska, 1993.

Orwell, George. "In Defence of English Cooking." *In Defence of English Cooking.* Penguin, 2005.

Poole, Roger. *The Unknown Virginia Woolf.* Cambridge UP, 1978.

Rolls, Jans Ondantje. *The Bloomsbury Cookbook: Recipes for Life, Love and Art.* Thames & Hudson, 2014.

Sanders, Julie. *Adaptation and Appropriation.* Routledge, 2016.

Sedgwich, Eve. *Between Men: English Literature and Male Homosocial Desire.* Colombia UP, 1985.

Showalter, Elaine. *Sexual Anarchy: Gender and Culture at the Fin de Siècle.* Penguin, 1990.

———. *A Literature of Their Own: British Women Novelists from Brontë to Lessing.* Princeton UP, 1977.

———. *The Female Malady: Women, Madness, and English Culture, 1830–1980.* Penguin, 1987. [『心を病む女たち——狂気と英国文化』山田晴子・薗田美和子訳、朝日出版社、一九九〇年。]

———. "Introduction." *Mrs Dalloway*. Penguin, 2000.

Simpson, Kathryn. "Social Class in *To the Lighthouse.* " *The Cambridge Companion to* To the Lighthouse, edited by Allison Pease. Cambridge UP, 2015.

Smith, Patricia Juliana. *Lesbian Panic: Homoeroticism in Modern British Women's Fiction.* Columbia UP, 1997.

Spalding, Frances. *Virginia Woolf: Art, Life and Vision.* National Portrait Gallery, 2014.

Squier, Susan Merrill. "*Flush*'s Journey from Imprisonment of Freedom." *Virginia Woolf and London: The Sexual Politics of the City*. U of North Carolina P, 1985.

Steele, Elizabeth. "Introduction." *Flush*. Shakespeare Head P, 1999.

Todd, Pamela. *Bloomsbury at Home.* Harry N. Abrams. INC, 1999.

Tucker, Lindsey. *Stephen and Bloom at Life's Feast: Alimentary Symbolism and the Creative Process in James*

Joyce's Ulysses. Ohio UP, 1984.

Whitworth, Michael H. *Author in Context: Virginia Woolf.* Oxford UP, 2005. [『時代のなかの作家たち2 ヴァージニア・ウルフ』窪田憲子訳、彩流社、二〇一一年。]

Wilde, Oscar. *The Important of Being Earnest and Other Plays.* Oxford UP, 2008.

Woolf, Leonard. *Beginning Again: An Autobiography of the Years 1911–1918.* Harcourt, 1964.

———. *Letters of Leonard Woolf.* Edited by Frederic Spotts. Weidenfield & Nicolson, 1990.

Woolf, Virginia. *Congenial Spirits: The Selected Letters of Virginia Woolf.* Edited by Joanne Trautmann Bankes, Hogarth, 1922.

———. "Kew Gardens." *A Haunted House and Other Short Stories.* Hogarth, 1944.

———. "Walter Sickert." *The Captain's Death Bed and Other Essays.* Hogarth, 1950.

———. *The Letters of Virginia Woolf.* Edited by Nigel Nicolson and Joanne Trautmann, vol.3, Harcourt, 1977.

———. *The Diary of Virginia Woolf.* Edited by Anne Oliver Bell, vol.1, Harcourt, 1977.

———. *The Diary of Virginia Woolf.* Edited by Anne Oliver Bell,vol .2, Harvest, 1978.

———.*The Letters of Virginia Woolf.* Edited by Nigel Nicolson and Joanne Trautmann, vol. 5, Hogarth, 1979.

———. *The Diary of Virginia Woolf.* Edited by Anne Oliver Bell, vol 3, Harcourt, 1980.

———. "Lives of the Obscure." *The Common Reader.* Harvest, 1984.

———. "Moments of Being." *Moments of Being: A Collection of Autobiographical Writing.* Harvest, 1985.

———. "Sketch of the Past." *Moments of Being: A Collection of Autobiographical Writing.* Harvest, 1985.

———. *A Room of One's Own and Three Guineas.* Oxford UP, 1992.〔『自分だけの部屋』川本静子訳、みすず書房、一九九九年。〕

———. *Mrs Dalloway.* Oxford UP, 1992.〔『ダロウェイ夫人』丹治愛訳、集英社、一九九八年。〕

———. *Flush.* Oxford UP, 1998.〔『フラッシュ』出渕敬子訳、みすず書房、一九九三年。〕

———. *To the Lighthouse.* Penguin, 2000.〔『灯台へ』御輿哲也訳、岩波書店、二〇〇四年。〕

———. "New Dress." *A Haunter House: The Complete Shorter Fiction.* Vintage, 2003.

———. *Orlando.* Oxford UP, 2008.〔『オーランドー』杉山洋子訳、筑摩書房、一九九八年。〕

———. "Character in Fiction." *Selected Essays.* Oxford UP, 2008.

———. "Mr Bennett and Mrs Brown." *Selected Essays.* Oxford UP, 2008.

———. "Profession for Women." *Selected Essays.* Oxford UP, 2008.

———. "Modern Fiction." *Selected Essays.* Oxford UP, 2008.

———. *Night and Day.* Oxford UP, 2009.

Zoob, Caroline. *Virginia Woolf's Garden: The Story of the Garden at Monk's House.* Jacqui Small, 2013.

Zwerdling, Alex. "Mrs. Dalloway and the Social System." *Virginia Woolf's* Mrs Dalloway, edited by Harold Bloom. Chelsea, 1988.

青木英夫『西洋くらしの文化史』雄山閣出版、一九九六年。

芥川龍之介「芋粥」『羅生門・鼻・芋粥・偸盗』岩波書店、一九六〇年。

安達まみ・中川僚子編『〈食〉で読むイギリス小説――欲望の変容』ミネルヴァ書房、二〇〇四年。

新井潤美『階級にとりつかれた人びと――英国ミドル・クラスの生活と意見』中央公論新社、二〇〇一年。

――.「ディナーは何時にとるべきか――食事の時間と階級意識」『〈食〉で読むイギリス小説――欲望の変容』安達まみ・中川僚子編、ミネルヴァ書房、二〇〇四年。

――.『執事とメイドの裏側――イギリス文化における使用人のイメージ』白水社、二〇一一年。

有川浩『植物図鑑』幻冬舎、二〇一三年。

石塚裕子『ヴィクトリアンの地中海』開文社、二〇〇四年。

市川緑「『ダロウェイ夫人』をめぐって――フェミニズム・戦争・階級」『英語青年』5月号、研究社、二〇〇五年。

井上美沙子「エリザベス――フラッシュ――そしてヴァージニア」『ヴァージニア・ウルフ研究』第5号、日本ヴァージニア・ウルフ協会、一九八八年。

岩田託子「『フラッシュ ある犬の伝記』――執筆の動機について」『ヴァージニア・ウルフ研究』第10号、日本ヴァージニア・ウルフ協会、一九九三年。

上原徹『「食」にとらわれたプリンセス――摂食障害をめぐる物語』星和書店、二〇〇四年。

内海真知子『体重26キロ、体脂肪3%』日本文学館、二〇〇八年。

圓月勝博『食卓談義のイギリス文学――書物が語る社交の歴史』彩流社、二〇〇六年。

遠藤不比人「テクストの言葉は作者を裏切る――『ダロウェイ夫人』のレトリックを読む」『シリーズもっと知りたい名作の世界⑥ダロウェイ夫人』窪田憲子編、ミネルヴァ書房、二〇〇六年。

太田素子「アフタヌーンティーの役割：V・ウルフ『夜と昼』一考察」『大手前大学論集』大手前大学・短期大学、二〇〇七年。

大西祥恵「ヴァージニア・ウルフと使用人の肖像――アダプテーションをめぐって」岩田和男・武田美保子・武田悠一編『アダプテーションとは何か――文学／映画批評の理論と実践』世織書房、二〇一七年。

岡本雨『（厳選）村上レシピ』青春出版、二〇一二年。

加藤めぐみ「拒食症的身体／論理のジェンダー・トラブル――ウルフにおける食餌と身体」『身体医文化論Ⅳ 食餌の技法』鈴木晃仁、石塚久郎 編、慶應義塾大学出版会、二〇〇五年。

加藤洋介『D・H・ロレンスと退化論――世紀末からモダニズムへ』北星堂、二〇〇七年。

神谷美恵子『ヴァジニア・ウルフ研究』（神谷美恵子著作集4）みすず書房、一九八一年。

川村貞枝「イギリスの家事奉公の歴史とその周辺」『歴史批評』校倉書房、（六月号）、二〇一〇年。

川本静子『ガヴァネス――ヴィクトリア時代の〈余った女〉たち』みすず書房、二〇〇七年。

北野佐久子『イギリスのお菓子とごちそう――アガサ・クリスティーの食卓』二見書房、二〇一九年。

京都服飾財団『ファッション――18世紀から現代まで』深井晃子監修、京都服飾財団、二〇〇二年。

河野真太郎、麻生えりか、秦邦生、松永典子編『終わらないフェミニズム――「働く」女たちの言葉と欲望』研究社、二〇一六年。

小林章夫『召使たちの大英帝国』洋泉社、二〇〇五年。

近藤章子「ウルフの小説にみられる反劇場性――『フラッシュ』と『ウィンポール街のバレット家』」『ヴァージニア・ウルフ研究』第27号、日本ヴァージニア・ウルフ協会、二〇一〇年。

柴田元幸『つまみぐい文学食堂』角川書店、二〇一〇年。

下坂幸三『拒食と過食の心理――治療者のまなざし』岩波書店、一九九九年。

新宮一成『ラカンの精神分析』講談社、一九九五年。

鈴木るみこ「ヴァージニア・ウルフの庭。」『Ku:nel 7月号』マガジンハウス、二〇一五年。

関矢悦子『シャーロック・ホームズと見るヴィクトリア朝英国の食卓と生活』原書房、二〇一四年。

高井宏子「処女性、そして身体と欲望のセクシュアリティ――おおよそウルフらしからぬこと、あるいはいかにもウルフらしいこと」『シリーズ　もっと知りたい名作の世界⑥ダロウェイ夫人』窪田憲子編、ミネルヴァ書房、二〇〇六年。

武田美保子『〈新しい女〉の系譜――ジェンダーの言説と表象』彩流社、二〇〇三年。

――.「『ダロウェイ夫人』のひきつり――優生学言説と小説技法」『身体と感情を読むイギリス小説――精神分析、セクシュアリティ、優生学』春風社、二〇一八年。

坪井秀人「〈あのれきしあ〉は語る――〈食べる〉ことと性」『性が語る――二〇世紀日本文学の性と身体』名古屋大学出版会、二〇一二年。

デリダ、ジャック『動物を追う、ゆえに私は（動物）である』鵜飼哲訳、筑摩書房、二〇一四年。

道木一宏『物・語の『ユリシーズ』――ナラトロジカル・アプローチ』南雲堂、二〇〇九年。

富山太佳夫「食べない女たち――拒食症の歴史」『おサルの系譜学――歴史と人種』みすず書房、二〇〇九年。

二ノ宮知子『のだめカンタービレ（1-24）』講談社、二〇〇二-二〇一〇年。

野間俊一『シリーズこころの健康を考える　ふつうに食べたい――拒食・過食のこころと体』昭和堂、二〇〇三年。

林望『イギリスはおいしい』文藝春秋、一九九五年。

深澤俊『ヴァージニア・ウルフ入門』北星堂書店、一九八二年。

福田里香『まんがキッチン』文藝春秋、二〇一四年。

――.『まんがキッチンおかわり』太田出版、二〇一四年。

扶瀬幹生「ジョイスの文学における認識と欲求の問題――偏食という麻痺をめぐって」『〈食〉で読むイギリス小説――欲望の変容』安達まみ・中川僚子編、ミネルヴァ書房、二〇〇四年。

フリード、ディナ『ひと皿の小説案内――主人公たちが食べた50の食事』阿部公彦訳、マール社、二〇一五年。

プルースト、マルセル『失われた時を求めて（1-13）』鈴木道彦訳、集英社、二〇〇六-二〇〇七年。

フロイト、ジークムント『エロス論集』中山元訳、筑摩書房、一九九七年。

ボレル、アンヌ『プルーストの食卓――『失われた時を求めて』の味わい』柴田都志子訳、宝島社、一九九三年。

松本朗「英国ヘリテージ文化とグローバル・ハリウッドの〈間〉」『イギリス映画と文化政策――ブレア政権以降のポリティカル・エコノミー』川島伸子・大谷伴子・大田信良編、慶應義塾大学出版会、二〇一二年。

マルティネッティ、アンヌ『アガサ・クリスティーの晩餐会――ミステリーの女王が愛した料理』大西愛訳、早川書房、二〇〇六年。

水島広子『「やせ願望」の精神病理――摂食障害からのメッセージ』PHP研究所、二〇〇一年。

宮田恭子『ウルフの部屋』みすず書房、一九九二年。

村上春樹『ねじまき鳥クロニクル〈第1部〉泥棒かささぎ編』新潮社、一九九七年。

――.『世界の終りとハードボイルド・ワンダーランド』新潮社、二〇〇五年。

山田幸代「Alterity, thy name is Animal――ジャック・デリダの動物論を通して読む『ユリシーズ』」『Joycean Japan』第二五号、日本ジェイムズ・ジョイス協会、二〇一四年。

結城英雄『「ユリシーズ」の謎を歩く』集英社、一九九九年。

――.『ジョイスを読む――二十世紀最大の言葉の魔術師』集英社、二〇〇四年。

横山茂雄編『危ない食卓――十九世紀イギリス文学にみる食と毒』新人物往来社、二〇〇八年。

吉田安雄『ヴァージニア・ウルフ論集――主題と文体』荒竹出版、一九七七年。

よしながふみ『きのう何食べた?(1-15)』講談社、二〇〇七-二〇一九年。

ロゼヌ、ブリュメ・デュ『20世紀モード史』西村愛子訳、平凡社、一九九五年。

『オルランド』サリー・ポッター（監督）（DVD）、アスミック・エースエンタテインメント、二〇〇二年。

『孤独のグルメ　シーズン1－8』溝口憲司　他（監督）（DVD）ポニーキャニオン、二〇一二－二〇二〇年。

『深夜食堂　第一部－第四部』松岡錠司　他（監督）（DVD）、アミューズソフト、二〇一〇－二〇一七年。

『ダウントン・アビー　シーズン1・2・3』ブライアン・パーシバル（監督）（DVD）、NBCユニバーサル・エンターテイメントジャパン、二〇一四－二〇一五年。

『ダウントン・アビー　シーズン4』デイヴィッド・エバンズ（監督）（DVD）、NBCユニバーサル・エンターテイメントジャパン、二〇一六年。

『ダウントン・アビー　シーズン5・6』マイケル・エングラー（監督）（DVD）、NBCユニバーサル・エンターテイメントジャパン、二〇一七年。

『ダロウェイ夫人』マルレーン・ゴリス（監督）（VHS）、日本ヘラルド映画、一九九九年。

『めぐりあう時間たち』スティーヴン・ダルドリー（監督）（DVD）、アスミック・エースエンタテインメント、二〇〇二年。

初出一覧

序章・第5章・第6章・コラム・あとがき　書き下ろし

第1章　「*Mrs Dalloway* の食の政治学」『テクスト研究』テクスト研究学会（二〇一一年二月二八日）

第2章　"The Gender Politics of Eating in *To the Lighthouse*"『英語英米文学論輯』（京都女子大学大学院紀要第一二号）、京都女子大学（二〇一三年三月一五日）

第3章　「*Orlando* と *A Room of One's Own* における「教養に裏付けられた食い意地」」『英語英米文学論輯』（京都女子大学大学院紀要第一三号）、京都女子大学（二〇一四年三月一五日）

第4章　「ヴァージニア・ウルフと使用人の肖像――アダプテーションをめぐって」『アダプテーションとは何か――文学／映画批評の理論と実践』世織書房（二〇一七年三月三〇日）

第7章　「*Ulysses* の "Calypso" における食べ物の消化と記憶のインターテクスチャリティー」『英語英米文

学論輯』（京都女子大学大学院紀要第十号）、京都女子大学（二〇一一年三月三一日）

第8章「*Flush* における「匂いの世界」」『英語英米文学論輯』（京都女子大学大学院紀要第一八号）、京都女子大学（二〇一九年三月一五日）

（転載を許可してくださった出版社、各学会に感謝いたします。）

あとがき

ウルフの『オーランド』に「時代精神」という言葉が出てくる。「時代精神」とは、同じ時代を生きる人々に共通する意識を表す言葉だ。食事もまた文化や社会を映し出す鏡であり、物語の食卓の場面を覗くことでその時代を生きる人々の「時代精神」を垣間見ることができる。

ウルフたちが生きた二〇世紀初めのモダニズムの時代は、階級制度やジェンダー役割に大きな変化が起こった時期であり、そうした変化はテクストの食の描写にも表れている。

例えば『ダウントン・アビー』は、二〇世紀初めのこの時代を舞台としたイギリスの人気TVドラマであるが、貴族と使用人たちの生活を描いたこのドラマを通してそうした食生活の変化を体感することができる。

近年、このドラマの公式『クッキング・レシピ』が発売された。この料理本の作者であるアニー・グレイは、ドラマで提示されている二〇世紀初めのイギリスの食文化を考証することで、この時代の食生活の急速な変化とそれによる貴族や使用人たちの生活への影響を明らかにしている。

そうした食文化の変化は、本書で検証してきたように、その時代の「時代精神」を共有する人々の認識にも影響を及ぼさないではいない。料理を作る台所設備が当時、急速に進歩したことが、食事を作る使用人の役割にも作用し、階級制度に変化をもたらす一因となった。それに伴う使用人制度の衰退は男女の家事役割にも影響を与え、ジェンダーの問題へと発展していくのである。

モダニズム小説を通して見えてきたこの食とジェンダーに関する問題は、私たちの問題でもある。本書で試みた物語の食の分析方法は、比較文学研究として、現在のテクストやサブカルチャーを読み解く際も応用可能である。

当時ウルフが苦しんだ摂食障害は、細身のモデル体型を理想とする今日、現代病の一つとなっている。さらに使用人制度崩壊後、イギリスで家事役割が問題視されていたように、女性たちの社会進出が進む現代において、家事を誰がするのかということはますます差し迫った問題となっている。

コロナ禍以降、リモートワークという仕事形態が普及し、家庭での家事や育児の役割を見直す機会となっている近年、イギリスのモダニズム小説を読むことは、ジェンダーの問題を考える上で、再考のためのヒントを与えてくれるかもしれない。本書の食分析が、現代という時代の時代性をさぐる手掛かりとなることを願っている。

本書は、京都女子大学に提出した博士論文に大幅な修正を加え、新たに論文を加えたものである。本書が出版されるに至るまでには様々な方に助けていただいた。

特に指導教員として博士論文の指導をして下さった武田美保子先生には大変お世話になりました。武田先生には、本書の出版を強く勧めていただき、本書の執筆にあたり多くのご助言をいただき、丁寧に添削をしていただきました。これまで研究をしてこられたのは、先生が背中を押して下さったからです。いつも熱心にご指導いただき、ありがとうございます。

博士論文の審査をして下さった中村紘一先生、佐伯惠子先生には、論文を丁寧に読んでいただき、ご助言をいただきました。ジャン・B・ゴードン先生には、イギリスの文化や文学についての質問に答えていただき、論文についての相談に乗っていただきました。いつも温かく見守って下さった京都女子大学の先生方に感謝しております。

本書を書く際には、家族にも励まされました。数字の表記や計算の確認をしてくれた弟の基敬。本書の原稿のために作ったウルフの小説に登場する料理の試食に協力し、執筆を励ましてくれた夫、圭也にもここでお礼を言いたいと思います。どうもありがとう。

出版の機会を与えて下さった春風社のみなさま、貴重な機会をいただき、心より感謝しております。そして素敵なカバーをデザインして下さった矢萩多聞さんにもお礼を申し上げます。編集を担当して下さった春風社の岡田幸一さんには、原稿を点検していただき、的確なご指摘をいただきました。お力添えいただきまして本当にありがとうございました。

人名索引

【あ】

アームストロング，アリソン 11, 160–161, 205

芥川龍之介 9

アダムズ，キャロル・J 206

アトウッド，マーガレット 18

アビル，エリザベス 61–62, 66

新井潤美 143

有川浩 151–153

アンジェレラ，リサ 79, 84, 87

アンリップ，ヘレン 122

イシグロ ,カズオ 202

市川緑 199

ウィルソン，リリー 113–120

上原徹 200

ウェルズ，H・G 13, 76

内海真知子 200

ウルフ，ヴァージニア 9, 11–18, 20–23, 27–45, 49–67, 69–93, 97–118, 120–133, 138–139, 175–207

ウルフ，レナード 16, 28, 43–44, 69, 104, 108, 121, 124, 136, 197–198

エヴァンズ，シャーン 203

エリオット，ジョージ 192–193

エルマン，リチャード 169

圓月勝博 10

遠藤不比人 107, 199

オーウェル，ジョージ 10

オースティン，ジェイン 123

【か】

ガーネット，アンジェリカ 132

ガーネット，デイヴィッド 122, 196

加藤めぐみ 200

加藤洋介 199

カニンガム，マイケル 98–100, 102–105, 112, 202–203

神谷美恵子 16, 43–44

カラマグノ，トマス 43

川村貞枝 202

川本静子 203

北野佐久子 10

キャリントン，ドーラ 122

ギルマン，シャーロット・パーキンス 199

グランド，ダンカン 69

グリーンズスレイド，ウィリアム 29, 199

クリスティー , アガサ 10, 204–205

グレニー，アリー 16–17, 32, 44, 200

コウフィー，パメラ 115

ゴールズワージー，ジョン 13

コールリッジ，サミュエル・テイラー 201

ゴッホ，フィンセント・ファン 69

小林章夫 202

【さ】

サックヴィル=ウエスト，ヴィタ 202

シェイクスピア，ウィリアム 30–31, 86, 116, 201

下坂俊一 200
ジョイス，ジェイムズ 11, 13, 15, 22–23, 90, 136, 139–140, 148–149, 160–174, 205–206
ショウォルター，エレイン 16, 29–30, 44, 200
シンプソン，キャサリン 107
ズーブ , キャロライン 197–198
スクワィアー，スーザン・メリル 178, 182
スティーヴン , ジュリア 66, 114
スティーヴン , レズリー 66, 114, 117
ストレイチィー，リットン 116, 177
スペンサー，ハーバート 29
スポールディング，フランセス 160
スミス，パトリシア・ジュリアナ 38–39, 106
ズワァードリング，アレックス 199
関矢悦子 10
セザンヌ，ポール 69

【た】

高井宏子 200
武田美保子 75, 199, 201, 205
タッカー，リンゼイ 149, 162, 167–169, 171
チャイルズ，ドナルド・J 199
坪井秀人 205
ディケンズ，チャールズ 12
デリダ，ジャック 206
ドッド，エリザベス 50–51, 63, 79
トムステット，アニー 126–129

【な】

二ノ宮知子 154–155
野間幸三 200
ノルダウ，マックス 33

【は】

バッジン，フランク 161, 174
パトリッジ，フランシス 122
パトリッジ，ラルフ 196
林望 10
ビア，ジュリアン 207
ファレル , ソフィー 114
フォイアスティン，アンナ 183, 189–190
フォースター，E・M 13, 22, 45, 54, 63, 89, 101, 136–138, 140–146, 194, 203
フォースター，マーガレット 112–114, 116, 118–120
フォスター，トマス・C 199–200
扶瀬幹生 167–168
フライ，ロジャー 22, 69, 136, 160
ブラウニング，エリザベス・バレット 112–116, 118, 176–177, 180–181, 184, 188, 207
ブラウニング，ロバート 114–115, 118, 177, 180–181, 184, 188
ブラッドショー，デイヴィッド 199
フリント，ケイト 190, 206
プルースト，マルセル 69, 159–160
ブルッツィ , ステラ 201
フロイト，ジークムント 206
ブロンテ，シャーロット 203
ベネット，アーノルド 12–13, 76, 90
ベル，ヴァネッサ 42, 69, 100, 103–104
ベル，クライブ 69
ホープ , ロッティー 102, 103, 108
ボーレル，アン 159
ボックスオール，ネリー 21–22, 97–103, 108–110, 113–128, 202

ホメロス 173
ポワレ , ポール 91–92

【ま】
松本朗 202–203
マティス，アンリ 69
マネ，エドゥアール 69
マンスフィールド , キャサリン 138
ミッチェル，サイラス・ウィアー 28
村上春樹 153–154
メイヤー，ルイス 121
モーズリー，ヘンリー 29
モーラン，パトリシア 56

【や】
結城英雄 206
よしながふみ 155

【ら】
ライト，アリソン 98, 102, 109–110, 122, 128, 135–136, 142–143, 202, 204–205
ラカン，ジャック 61, 187, 201
ラスキン , ジョン 192–193
ラングランド，エリザベス 144–145
ロールズ，ジャンス・オンダンジェ 11, 69–71, 73–74, 121–122, 128, 132–133, 196–197, 204–205
ロッジ，ディヴィッド 144
ロレンス，D・H 13, 15, 22, 89, 136, 145–148

【わ】
ワイルド , オスカー 195

作品名索引

【あ】
「新しいドレス」91–92
『危ない食卓――十九世紀イギリス文学にみる食と毒』10
『イギリスのお菓子とごちそう――アガサ・クリスティーの食卓』10
『イギリスはおいしい』10
「イギリス料理の擁護」10
「イタケ」163
「芋粥」9
「ヴァージニア・ウルフ」45, 54, 194, 203
「ウォルター・シッカート」131
『失われた時を求めて』159–160
『ウルフ夫人と使用人たち』98, 102, 109–110, 122, 128, 135–136, 142–143, 202, 204–205
『英国人名事典』116–117
「園遊会」138
『オーランド』21, 75–82, 86–91, 109, 116, 176, 201–202
『オーロラ・リー』114
『オデッセィア』173

【か】
「過去のスケッチ」139
『がつがつしたアイデンティティ――ヴァージニア・ウルフの生涯と作品における食べることと摂食障害』16–17, 32, 44, 200
「カリュプソ」23, 161–167, 169
『黄色い壁紙』199
『きのう何食べた？』155
「キューガーデン」175–176
「キルケ」162–163
『クリスマス・キャロル』12
「現代小説」13, 76, 90
『高慢と偏見』123
『孤独のグルメ』9–10

【さ】
『三ギニー』117
『ジェーン・エア』203
「死者たち」139–140, 205
『侍女』112–114, 116, 118–120
『自分だけの部屋』9, 11, 13–15, 21, 27, 41, 74, 76, 83–85, 87, 89–90, 109, 116, 175, 201
『シャーロック・ホームズと見るヴィクトリア朝英国の食卓と生活』10
『ジョイスの料理――ジェイムズ・ジョイスのダブリンの食べ物と飲み物』11, 160–161, 205
「小説における登場人物」13, 22, 69, 93, 101
『食卓談義のイギリス文学――書物が語る社交の歴史』10
『〈食〉で読むイギリス小説――欲望の変容』10
『植物図鑑』151–153
「女性にとっての職業」82–83

『深夜食堂』9–10
「スキュレとカリュブディス」172
「聖なる役職」172–173
『世界の終りとハードボイルド・ワンダーランド』153–154
「存在の瞬間」66

【た】
『退化』33
『ダウントン・アビー』93, 202, 204
『ダブリン市民』139–140, 205
『食べられる女』18
『ダロウェイ夫人』20–21, 27–45, 50–51, 74, 79, 91, 98–99, 102–113, 117, 128, 131, 138, 175, 177, 195, 199–200
『ダロウェイ夫人』（映画）110, 203
『チャタレイ夫人の恋人』15–16, 22, 89, 136, 145–148
『灯台へ』20–21, 49–67, 69–74, 79, 109, 117, 138, 177, 201
『動物を追う、ゆえに私は（動物）である』206

【な】
『波』109
『ねじまき鳥クロニクル』153–154
『のだめカンタービレ』154–155

【は】
『ハワーズ・エンド』22, 63, 89–90, 101, 136–138, 140–146
『日の名残り』202
『フラッシュ』23, 109, 112–117, 176–194, 206–207
『プルーストの食卓』159
『ブルームズベリーの料理本——人生、愛、芸術のためのレシピ』11, 69–71, 73–74, 121–122, 128, 132–133, 196–197, 204–205

【ま】
『真面目が肝心』195
『村上レシピ』153
『めぐりあう時間たち』98–100, 102–105, 202–203
『めぐりあう時間たち』（映画）102–104

【や】
『ユリシーズ』15, 22–23, 136, 148–149, 159–174, 206
『「ユリシーズ」の謎を歩く』206
『夜と昼』138–139

【ら】
「ライストリュゴネス族」162
「料理人」114

【著者】大西 祥惠（おおにし・よしえ）
同志社大学、立命館大学、龍谷大学　非常勤講師。
共著に『アダプテーションとは何か――文学／映画批評の理論と実践』（世織書房、二〇一七）、論文に「*Mrs Dalloway* の食の政治学」（『テクスト研究』第7号、二〇一一）、「*Flush* における「匂いの世界」」（京都女子大学大学院紀要『英語英米文学論輯』第一八号、二〇一九）など。

モダニズムの胃袋《いぶくろ》
――ヴァージニア・ウルフと同時代《どうじだい》の小説《しょうせつ》における食《しょく》の表象《ひょうしょう》

二〇二〇年一二月一四日　初版発行

著者　大西祥惠　おおにし・よしえ

発行者　三浦 衛
発行所　春風社　*Shumpusha Publishing Co., Ltd.*
横浜市西区紅葉ヶ丘五三　横浜市教育会館三階
〈電話〉〇四五・二六一・三一六八　〈FAX〉〇四五・二六一・三一六九
〈振替〉〇〇二〇〇・一・三七五二四
http://www.shumpu.com　✉ info@shumpu.com

装丁　矢萩多聞
印刷・製本　シナノ書籍印刷株式会社
乱丁・落丁本は送料小社負担でお取り替えいたします。

ISBN 978-4-86110-690-3 C0097 ¥2700E